大屯微醺

——張素妹詩集

「含笑詩叢」總序／含笑含義

叢書策劃／李魁賢

含笑最美，起自內心的喜悅，形之於外，具有動人的感染力。蒙娜麗莎之美、之吸引人，在於含笑默默，蘊藉深情。

含笑最容易聯想到含笑花，幼時常住淡水鄉下，庭院有一欉含笑花，每天清晨花開，藏在葉間，不顯露，徐風吹來，幽香四播。祖母在打掃庭院時，會摘一兩朵，插在髮髻，整日香伴。

及長，偶讀禪宗著名公案，迦葉尊者拈花含笑，隱示彼此間心領神會，思意相通，啟人深思體會，何需言詮。

詩，不外如此這般！詩之美，在於矜持、含蓄，而不喜形於色。歡喜藏在內心，以靈氣散發，輻射透入讀者心裡，達成感性傳遞。

詩，也像含笑花，常隱藏在葉下，清晨播送香氣，引人探尋，芬芳何處。然而花含笑自在，不在乎誰在探尋，目的何在，真心假意，各隨自然，自適自如，無故意，無顧忌。

詩，亦深涵禪意，端在頓悟，不需說三道四，言在意中，意在象中，象在若隱若現的含笑之中。

含笑詩叢為臺灣女詩人作品集匯，各具特色，而共通點在

於其人其詩，含笑不喧，深情有意，款款動人。

【含笑詩叢】策畫與命名的含義區區在此，幸而能獲得女詩人呼應，特此含笑致意、致謝！同時感謝秀威識貨相挺，讓含笑花詩香四溢！

推薦序
無需開花卻能夢想的樹

淡江大學西班牙語文學系退休副教授／林盛彬

　　素妹終生的教育生涯，帶領小學生在童詩裡自我澆灌，終至於在詩的路上重新發現自己。這是她的第一本詩集，是她從淡水國小退休後重新遇見詩的結晶，是一欉晚翠的枇杷，粒粒鮮美。她在準備出版的一年中修改了五次，可以想像她所懷的既欣喜若狂又戒慎恐懼的心情，畢竟這是她的心靈結晶。這部詩集分為七卷，每卷有各自的關懷主題，從整體之中可看見詩人觸角的多元與敏銳。最後一卷呈現的是「母語詩」，她的意思已經很清楚，臺語就是母親的語言。這一卷是她思考後加進去的，原本以為她會以臺語詩作為她的第二本詩集，既然已先將她最早的幾首臺語詩，先加入她的人生第一本詩集，也符合第一的意義。儘管這一卷在語言用字上的實驗性質較高，素妹有國立臺灣師範大學國文系的背景，在以漢字書寫臺語的語意上，雖然不一定完全貼切，應該還是有一定程度的把握。這裡無意涉入臺語用詞上的考究，謹留給各方臺語詩人先進日後去討論。

　　從詩集標題《大屯微醺》，也可猜想，微醺的不是山，而

是詩人在面對從小熟悉的山形水影時的感動，觀察環境的改變與在現實中努力的社會各階層人物時的同理心，這些都是詩人敏銳心思的靈感來源。底下僅例舉個人所見，略述素妹如何在大屯山上空以鷹鷳之姿鳥瞰世間的紛雜，而以沉醉的情感醞釀詩的意象。

一、詩是用愛生出來的

第一卷以詩為中心，從這卷的標題：「沒有詩，生活只剩一球咖啡渣」，詩人就已經把「詩」的位階高舉。明顯地，生活減去詩就等於一球咖啡渣。雖然詩中並沒有這詩句，但在〈咖啡-3〉詩中婉轉地宣稱：「不喝咖啡／生活就剩一團渣」，而不能不喝咖啡的原因，正是詩人對詩的癡迷。反過來說，生活加上詩等於無限的喜悅和價值。如〈孕味正濃〉所說：

> 有風　無風
> 心中都有個詩的胚胎在成長
> 一粒種子舞成波斯菊
> 整片草地鮮豔微笑
>
> 有花　無花
> 眼睛迷上一瓣瓣詩的形影

雨後桂花滴露
滿山新綠拈來潔淨話語

有雨　無雨
詩的胎動輕輕翻轉
我懷著你的幽香
讓新生命一字字一句句茁壯

如百花沐清泉
孕味正濃

　　詩人表明詩的胚胎在她心中的成長是自然而然的事，像波斯菊種子一樣，落土就會有生命奇蹟。當然，這也有賴於詩人自身敏銳的心思，可以在雨後桂花上捕獲輕巧的靈感，在滿山新綠中發現詩的意象和語彙。在這首詩的最後以自身的懷胎經驗，表達詩的醞釀過程。對素妹來說，詩無所不在，與美的邂逅就是生活的內容。讓詩人無怨無悔的，正是她在〈咖啡-0〉所說的：

什麼樣的信念
讓咖啡豆
甘願
在生命最紅潤時刻

　　被投進火中烘　焙
　　無懼肉身被研磨
　　任沸湯灌頂
　　只為釋放一滴香醇

　　純粹是
　　愛

　　生活中少了這種愛與情趣，生活真的就只是一球咖啡渣。

二、詩就是生活，生活就是詩

　　卷一的重心在於詩，如同她在〈生活-2〉提到「垂釣／苦花或塑膠袋都可能／成為詩」，或許對她來說，詩不是溺於純美的想像，而是感於真實生活的萬象。卷二的標題是「靜坐如荷」，事實上這一卷呈現的是對染疫以及各類工作者生活現實的觀察。詩人在確診隔離十四天之後，仍未轉陰，〈第十五天〉這首詩於焉誕生：

　　都第十五天了
　　你仍在我身體裡面

　　病毒自肺葉點煙放火
　　燃燒聲帶

腫脹喉嚨
塞住鼻腔連睡眠都被上鎖
我無門可進

戰場就在自己體內
不准投降
吞食物灌水
視訊看診服藥企盼
長出武器抵抗屠殺

讀詩吧
腦霧層層
針
痛刺腦髓
詩遣來一匹駿馬
承載我確診的靈魂奔逃

都第十五天了
快篩仍是兩條不變的陽
難道病毒也愛詩
賴上我不走？

　　詩的開頭交代確診隔離後的景況，接著用點菸放火描述病毒的惡行惡狀：從聲帶、喉嚨、鼻腔到睡眠，都被病毒占領，詩人像被敵軍圍城，無路可通。第三段展現詩人的意志力，進食、喝水、服藥，企盼得到體力、抗力的武器，堅不投降。第四段以讀詩的方式得到精神與靈魂的自由。最後，幽默地質疑第十五天仍是陽性檢測：莫非病毒也愛上了詩。詩人把詩變成生命的重心，染疫的詩人輕鬆描述自己的染疫過程，詩就是最好的良方，連病毒都為之流連忘返。詩人的感性沒有脫離現實，就像她在觀察底層勞工的情形一樣，在〈流浪漢〉詩中，「雙手交疊於胸前／清空的腦袋枕上一隻塑膠鞋／另一隻拖著地／拖著青春走過大半輩子」（〈流浪漢〉）；揹著嬰兒的街頭藝人，「胸腹貼著媽媽的背／嬰兒四肢隨媽媽的肺活量／升降／／……她們一起忘記嬰兒背架／把體重換成雲朵／把同情換成驚喜／讓路人懷疑自己　為何不開心／不會換氣？」（〈街頭藝人-1〉）；搭建鐵皮屋的工人「用專業／鎖住鋼鐵裡難免痠疼的筋骨／重建紅塵中難免殘破的日子」（〈踩踏雲端的鐵工〉）。所有的悲情失落都被詩情轉化，不是詩人避談辛苦的人生，刻意美化苦難，而是從悲傷的窗口看見窗外寬闊世界的另一種生活態度。而確診、被隔離的詩人就是那朵悠然靜坐的荷花，於腐敗了千萬年的汙泥裡，卻沒有任何東西能阻止她與詩與美的親密關係。

三、留一個給人轉圜的空間

　　素妹的詩，也隱含人生的哲理，她不屬於狂狷孤傲、憤世嫉俗類型，至少在她的詩裡看不到那種影子，更多的是含蓄包容。或許跟她的知識背景有關，她的詩在人事糾葛裡表達某種圓融。譬如〈小滿〉：

　　你看那極品金萱
　　裝得太滿只能溢出
　　燙了手還摔破茶壺

　　最美
　　花開八分
　　留二分期待

　　月圓九分
　　留一分想像
　　給詩

　　生活小小盈滿
　　為自己的愛
　　留一段夢

　　她在生活上的設想周到，避免把話說死。詩的第一段，
她先對「太滿」的負面結果，用一種警惕惋惜的口吻，沒有
恐嚇，也不是斥責。這不只是飲茶泡茶的哲理，也是生活的美
學。其次的三段，等於是詩人為她的「美」、「圓」概念做解
釋、下定義：花開八分為美，另兩分留給人一些盼望；留給人
一分想像空間的月最理想；給自己所愛留一段夢，生活才臻於小
滿。她給卷三的標題是「松尖的心事沾醒了沉默」，這是〈霜降
晨思〉裡的一句詩。且回到詩的脈絡，了解其背後深意。

　　　　霜降日晨起
　　　　與老松樹相視

　　　　葉尖
　　　　停留一滴露珠
　　　　那是昨日蒸騰後的
　　　　寧靜
　　　　松尖的心事沾醒了沉默
　　　　在晨曦中發亮成一個小世界
　　　　然後
　　　　隨風消逝

　　　　飛不走的孤獨就住進年輪裡
　　　　每日增長

　　起因於葉尖上的露珠，那是一日忙亂之後所留下的寧靜空間，那也是帶來生命亮光的契機。然而，那樣的美夢總是在日常瑣事中隨風飄逝。日復一日，年復一年，那種生命的孤獨感，在時間裡用一切衰老的記號在人的身心上，肆無忌憚地隨處張貼。這樣的生活，不就是一團皺巴巴的咖啡渣！這是詩人霜降之晨的沉思。我們是否每天還是像大搖大擺闖入初秋的芒花，「爭論／第一個叫醒秋天的是誰？／吵到滿山橙黃楓紅／枯乾的嘴仍在問／是誰　把秋天弄丟？」（〈秋　芒了-2〉）依詩人之意，何不活得「沸騰時是／一片唇／枯萎時是／一首詩」（〈楓-3〉），給世界也給自己一個有夢的轉圜空間。

四、綠野詩蹤（爬上樹梢的軟鈴鐺）

　　素妹在三芝、淡水地區成長、教書、退休，習慣於與自然融合的生活，在這一卷的詩，主題大多為動植物，或是愛好自然者的郊遊健行之地。她的知識背景不只是中國古典文學，對臺灣動植物的識別度很高，對自然景點也很熟習。譬如在〈特富野古道上喜見耶穌光〉：

　　　鐵道　枕木　舊吊橋
　　　苔蘚從古綠到今
　　　山椒魚　臺灣檫樹
　　　走過冰河時期
　　　歷史在古道特寫悠遠

風和　鳥鳴　溪流唱
白耳畫眉含著鮮紅果實
大吹口哨　報佳音
回回回—幽　回回回—幽
快快看—呦　快快看—呦

耶穌舉起光
穿透柳杉林層層迷霧
亮醒整座森林

　　特富野古道在南投與嘉義交接處的山區，詩人親歷其境，
從鐵道、枕木、舊吊橋這些引領方向的人文設施，進入苔
蘚、山椒魚、臺灣檫樹的遠古時間，在山道中領受視覺裡的無
限時空。接著，是風、鳥、溪流構成的天籟。高潮處是引人抬
頭的白耳畫眉，在一串報佳音似的擬聲詞之後，赫然看見陽光
透射過濛霧杉林的驚喜。詩裡使用耶穌舉起光，如《聖經》所
記：「耶穌又對眾人說：我是世界的光。跟從我的，就不在黑
暗裡走，必要得著生命的光。」（約翰福音8:12），可以是一種
崇高感或聖化的感動。
　　這種感動以及從動植物得到靈思，一方面與詩人的感性和
豐富的想像力有關，另一方面則是詩人對大自然事物的喜愛與
觀察的習慣有關。譬如，「一朵白蓮立於枯木／在空氣中等
待／從泥沼間透出的／靜謐／是我失蹤多日的自己」（〈白鷺

鷺－2〉），從觀看一隻棲在河岸的白鷺鷥，聯想到自己在繁雜的日常生活中需要尋求的靜謐時間與空間。從這裡來看這一卷出自〈無花果-2〉詩句的標題「爬上樹梢的軟鈴鐺」，就更能體會詩人纖細的心思：「爬上樹梢的軟鈴鐺／圓滿身材／深藏紫紅色喜悅／叮叮噹噹／搖動初夏的／寧靜」，如王籍〈入若耶溪〉的「蟬噪林逾靜，鳥鳴山更幽」，那軟鈴鐺似的無花果，響動的不是金鳴，而是寧靜。有聲，是感受；無聲，是一種心境。往往，那種心境，就是詩人的情感的自況，無意中的自然流露。譬如〈野薑花〉：

　　身邊總是雜草不斷
　　整片莽原昏晦
　　妳一生潔淨

　　白豔豔花瓣
　　撩撥
　　幽靜山林
　　每一條寂寞心弦

　　當落日灑滿金暉
　　妳一身優雅
　　自溪邊緩緩升起如雲霞

　　但誰　　能握得住一朵雲

　　一朵純情的雲？

　　詩以外在環境和野薑花的關係開頭，相對於周邊雜草不斷
蔓生的昏晦莽原，野薑花是一生潔淨。但潔白的花瓣卻撥動了
幽靜山林的孤寂感。這裡的幽靜山林固然相對於野薑花，成為
花的背景，也可以是自身內在原本幽靜的山林。如果這樣解
讀，則第一段的莽原雜草也就是內心的雜念。詩人有意識地感
受自身在金色餘暉中如溪邊飄起的雲彩，白色的純淨中披著金
黃的孤高卓絕之感。只是，這樣一株野薑花，一朵純情的雲
霞，誰能了解呢？詩人借自然景物抒發真情，不落哀怨，更添
想像空間。

五、灰與黑

　　雖然在卷五中，詩的主題很廣，但如同這卷的標題：「彩
色列車不斷在日落前趕路」，與色彩有關的詩成了這卷的焦
點。譬如〈愛？-1〉：「牙刷委屈的對牙齒哭訴：／難道我還
不夠用力嗎？／萎縮的牙齦　顫抖／滲出紅色的淚！」這首短
詩以牙刷和牙齦的關係暗喻人與人之間彼此對待的方式，意
思清楚易懂。但是，紅色的淚讓那種缺少溫柔、甚至強制性
的愛，被強烈地凸顯。而〈愛？-2〉：「用一生的精力掙錢／
買一座黃金打造的鳥籠／送給最愛的金絲雀」，金色是這首
只有三行的短詩重心。原本用黃金打造的器物都是珍貴而有價

值的。但金絲雀在社會文化意涵上，帶有感情外遇的意味，這樣的鳥籠，如此的愛，詩人雖然沒有批判，但在愛上加個問號，也是一種不信任的控訴。特別的是這卷開頭，有兩首完全以色為題的詩：〈灰〉與〈墨〉。

謎樣的身世
諸色都可能是你的前生
為了和諧
奔跑於黑白兩道之間

比白沉穩　　比黑低調
比銀憂傷　　比藍冷寂
為了包容
跋涉於無常悲喜之中

彩色列車不斷在日落前趕路
調配自己最亮麗的顏料
為了成全
你甘心選擇當背景

——〈灰〉

灰在這裡不同於平常我們常聽到的「灰色人生」、「灰色思想」的灰，而是從另一種生命情境去思考它的諸多可能

性。所以第一段以「謎樣的身世」為灰色下了無法定義的定
義，因為各種其他顏色可能都跟它的成性有關。這種原本可能
為了生存的「和諧」而委曲求全於紛雜人間、失去自我個性的
角色，並不可取。但是詩人卻在第二段一轉，在與白、黑、
銀、藍的對比中，發現灰的特性，不是為了自身的苟全，而是
利他的包容，而跋涉於無常悲喜之中。末段提醒了讀者，這樣
的角色不是不得不的無奈，而是一種自願性的選擇。這可以是
對於灰的一種憐憫、同理心的理解。另一首〈墨〉，則又從另
一個角度來看待人生的顏色：

一瓶墨汁
倒入一桶水
黑
倒入池塘
灰
倒入大海
海
仍是海

倒入虛空？

簡單的一首詩就成了一個有關生命的大哉問！一個水桶、
一池水塘，可以暗喻每個人的生命情境，同樣一瓶墨水，對一

桶水來說，是生命不能承受之重；把那一桶黑水倒入池塘，它的嚴重性被稀釋了，而對大海來說，其實無傷大雅，海仍是海。在有限的生命過後，那一瓶墨汁又算得了什麼！詩沒有說理，卻可以讓人聯想一切的理。

六、嵌入時光崁裡的聲音

從這一卷的標題並不難嗅出懷舊的味道。這標題從〈嵌入時光崁裡的拼圖〉這首詩而來。卷名是聽覺的，詩名卻是視覺的。讓人聯想到的是：拼圖在詩中所見的是一些破碎或片段的老記憶，聲音可以是詩人在詩中的獨白或與逝去時光和空間的對話。我們先從這首〈嵌入時光崁裡的拼圖〉詩來看：

誰在乎兩百年前的歷史？
重建街的記憶如何重建？

在時光坎裡的拼圖
接一塊落一塊的
淡水絲路
只有上上下下的石階
高高低低的買賣？
山產魚獲
像祖產
被攤在九坎店嘶吼拍賣

> 山城的第一條老街
> 在木板門與電動門之間開開闔闔
> 似乎離觀音的月亮
> 河海的夕陽越來越遠
>
> 雖然祖先叮嚀
> 絕對不能讓怪手挖走
> 靈魂

　　這是詩人對淡水重建街的沒落與前景所發出的反思。之前，縣政府有意將這條老街拓寬重建，方便遊覽車可以長驅直入淡水河岸，帶來觀光人潮。後因地方人士抗議及其他因素而暫停。此詩雖然沒有提到相關的社會與現實問題，但開頭兩行已把重點突出。接下來五行，詩人面對沒落的街景，所見的不只是商業利益的問題，就像隨後三行所提到的。但山產漁獲只是整個淡水的代喻，「觀音的月亮」和「河海的夕陽」也一樣是淡水靈魂的例舉；淡水之美不是擠得水洩不通的觀光人潮和商機，而是祖先叮嚀與珍視的「靈魂」。素妹的詩溫婉，沒有批評、抗議、反諷、道德勸說的文字，卻讓人產生一種歷史叮嚀的感動。詩中的視覺素材雖然很多，但祖先的叮嚀對許多人來說，可能就是一句振聾發饋的提醒聲音。

　　這卷中還出現兩首題為〈無念〉的短詩，只是另一首加了一個問號，一正一負之間，詩人想傳達的訊息是什麼？

把念想拋入山谷
層疊起伏是蝶
寂靜的
是雲

把櫻花飄進人間
繽紛歌詠是詩
完整的
是傷

生命
開始到結束
最美的姿態是
無念

——〈無念〉

當我要「放下」
雙手卻先向上舉

當我身體「不再愛你」
心又多愛了你一次

當我下定決心對你「無念」

念頭已在無中升起

——〈無念？〉

　　肯定的〈無念〉分三段，首段的「念想」可以是「我執」
的心思意念，斷然拋開的結果，不管是動態的蝶，還是靜態
的雲，都是一種自由與釋然。次段的櫻花飄落，是詩意或感
傷，都無可替代。所以，末段總結的說，人生最美的姿態竟
是「無念」，或近於莊子的心齋坐忘。另一首，則是對「無
念」可能性的質疑，因為身心總是處於藕斷絲連的狀態，類似
老子的長短相形，高下相傾之意。素妹從不同角度、相反立場
看人情事物之理，這也是她這詩集詩作的特色之一。

七、結語

　　詩人親近大自然的心，不必然是以自我悠悠閒賞的心情面
對，很多時候是以落花之於眾人的感受思考。她在這卷中的詩
情，從濛霧森林看見耶穌之光，到秋葉飄零的心，都是對大自
然的謙卑誠實態度和對人對物的憐憫疼惜詩心。

　　她以簡單的文字，勾勒沉思的心境，情融於景，景烘托出
深情：「小小一片／嘆息　掉落湖心／／……／／唉！／誰能
比落葉更深入秋光？」（〈秋在風裡落成葉〉）。的確，誰能比
耶穌更能閃亮真光，誰能比落葉更深入秋光！

　　詩人誠實面對自己，含蓄有餘，沒有粉飾或隱藏。借詩集

中的〈無伴奏樂章〉作結，詩人在這詩裡難免流露內心的無可奈何，但她知道如何在哀愁之前勒馬迴轉，找到自我安頓之所。

一把琴
無夢無眠
任梅雨觸動心弦
絲絲酸澀
沖刷不去的思緒黏膩
誰在乎

一滴雨
暗夜獨行
睡進樂器裡
傾聽
自己
勝過無明整季滴滴答答

詩人的心也是情感形塑的，雨夜中油然而生孤獨感並不特別。但詩人沒有也無意讓這種情緒繼續渲染，而是在樂器裡找到安頓；不是借樂器聊解無奈之情，是意識到自己內在真實的聲音：一行詩勝過漫長酸澀的梅雨季。其中處處都可看到這樣的自覺與自信。換句話說，她在人生的後半場為自己找到了一

個價值再生的對象；詩，就是詩人諸般情感寄託的最深情對象，而且只是「想複製／一棵無需開花卻能夢想的樹」（〈無花果-3〉）。

推薦序
詩人
──推薦詩人張素妹詩集《大屯微醺》

淡水社區大學現代詩賞析與創作課程講師／陳秀珍

一、

瀑布必定匯成溪流
溪流必定投奔大海
詩人為了遇見繆思來到人間
詩人的眼睛為了讀詩
詩人的手為了寫詩
詩人的鼻子為了沐浴詩香
詩人的耳朵不僅僅為了濤聲
也為了傾聽貝殼

二、

一雙清澈
如公司甜溪[1]

---

[1]　公司田溪。

照見詩故鄉的豐美
在大屯山與觀音山之間
從日出男人山到日落金色水岸
詩人走過五崗
一步一步
都化成詩的腳印

三、

一雙悲憫
看見人間疾苦
在喧囂的捷運站在熱戀的公園
流浪漢睡覺以美夢覆蓋軀體
在毒日下在寒霜中
外送員奔馳在馬路與時間賽跑
避開人生的層層路障
街頭女藝人背負嬰兒
在金色水岸用一把烏克麗麗
彈唱希望

四、

白鷺鷥、彩色列車、夕陽
森林、城堡、花香……
詩人以字為磚構築迷宮

一個立體
自足的世界
用意象導航

五、

我閱讀詩人的眼
看見自己的淚
我閱讀詩人的心
聽見自己的心跳
我閱讀詩人的唇
發現我們的共同母語是
詩
在深淵之前
詩人尋找到靈魂的伴侶

2023.05.03

推薦序
讀張素妹詩選有感

臺北市立大學視覺藝術系所退休教授／蘇振明

　　民國六十至六十三年，我在淡水水源國小教書。那時候我剛從臺南師專畢業到臺北教書，擔任水源國小農家學生的老師。印象中我最高興看這群男孩有說有笑的洗廁所，因為老師說洗完廁所，就可以到水溝邊抓螃蟹和蝸牛，接著我們在教室裡逗著蝸牛賽跑，還寫了蝸牛的詩。星期日，是我們師生快樂的日子，因為這群學生會跑來我宿舍，邀我去沿著水溝爬大屯山，在爬山的過程中，這群孩子變成了我的登山老師，可是隔週一的第一堂課，我的桌上卻出現了很多登山的童詩和童畫。

　　這些有趣的國小教學經驗，經常引發隔壁女生班的好奇和交談，其中有一個很安靜的女學生，她的名字就是張素妹。十一年後的她也成為國小教師，也教孩子寫兒童詩，退休後她學攝影、寫現代詩。

　　因應五十年前的童詩教學回憶，特選素妹下列五首詩來與讀者品味。這件事情讓我既意外，又高興，因為我不僅是教兒童寫詩的大頑童，也成為分享詩畫的幸運者。

　　張素妹老師從國小退休，可是她寫詩的興趣，不可能退休。因此，我經常收到她寄來的詩作，特別摘選五首詩——跟讀者分享筆者的觀點和心得。

　　水聲濤濤
　　訴說十二條大石板的傳奇故事
　　安頓溪水氾濫的恐慌
　　先民肩挑茶葉片片甘醇
　　哼唱母親的搖籃曲搖過三板橋

　　〈三板橋〉詩作中，描寫了淡水山丘茶園觀覽，這也是作者童年家鄉景象，作品中不僅描寫勞動者的形影，同時也顯露作者懷念母親哼唱搖籃曲的情懷。

　　站上1120公尺的七星山頂
　　我雙手如翼
　　與硫磺撲鼻的白煙一起遨翔

　　東北季風狠狠劈開我亂髮
　　就像撲倒整座山的白背芒

〈展翼〉，描寫的是作者從自家後院攀爬上七星山的體驗。作品中的白煙與白背芒是秋冬山野的景象，襯托著被強風吹亂頭髮的少女，邁開腳步迎風往山崗前行。

> 一串驚喜自野地蹦出
> 一半粉紫一半金黃
> 在朝陽薰暖下
> 飛起陣陣的濃香

〈薑黃花開〉，描寫出鄉下田野的菜園景象。對於農夫而言，播種薑黃是為了經濟利益勞動，然而作者卻以詩人的情懷，被近似劍蘭和野薑的薑黃花吸引著，不僅目光被召喚，連嗅覺也被深深扣引著。

> 雙手交疊於胸前
> 清空的腦袋枕上一隻塑膠鞋
> 另一隻拖著地
> 拖著青春走過大半輩子

〈流浪漢〉詩作中，嶄露作者的視他人如己的憐憫情懷。流浪漢對於常民而言，不是避開，就是假裝沒看到。然而女詩人因具有人道情懷，而追隨著流浪漢的形影，此時她心中並不是看熱鬧，反而是想著這是誰家的父母啊？

他睜開手機的眼睛
世界才開始呼吸
彷彿給出生命的是手機
而不是他

　　〈手機三首〉詩作反映當代人與科技產品不可分離的景象，人與手機的關係取代了傳統的親情和友情，原本只是服務人的機器，卻變成了支配現代人的主宰者，一如作者的另一首手機詩作〈我的生命是一串串密碼的組合〉。

　　詩是人生之眼，可觀、可遊、可嘆。正因為詩是一種人生的態度，所以可以因觀察人生，旅遊人間，而讓生命經驗多彩和興嘆。張素妹的詩作，反映的正是這三種詩作的情懷。這也就是筆者在六十年代教兒童寫詩的起心動念，因為在那個「反攻抗俄、解救大陸同胞」的戒嚴時代，我這位國小教師沒辦法跟孩童講述成人間的黨國認同矛盾，教孩子們體察大自然、並歡樂生活，進而將喜怒哀樂寫成詩作，這是安度人生的美育法寶。

自序
站上淡水五崎，我的詩生活路線

只是一顆火紅的夕陽就把整個天空占滿了
占滿整座觀音山整條淡水河
占滿你的心
你的腳趾頭滿是捨不得

淡水是詩的故鄉！我家住在鼻頭崙（第五崎）的坡地上，坐落在淡水河出海口的北岸，西倚大屯山群，隔水與觀音山相望。我喜歡漫步經過典雅的鄞山寺，走到殼牌倉庫的社區大學學習各類生活課程，尤其是林盛彬老師（二〇一九春開始）指導的現代詩賞析與創作，這是福爾摩莎國際詩歌節與淡水社大合作的首創課程，自二〇二二秋由陳秀珍老師接棒，主旨在培養淡水的在地詩人。在百年洋行倉庫裡，閱讀討論與創作，讓我沉迷。二〇一六年國際詩歌節由世界詩人運動組織與淡水文化基金會聯合舉辦，國寶級詩人李魁賢老師策畫，將淡水詩美推向國際舞臺與世界交流。每年秋天透過捷運詩展，把詩送到眾人眼前，讓讀者在美景對照中自然與詩相認共鳴，讓詩的DNA在體內醞釀。更在大田寮（第四崎）的文鎠藝術中心舉辦

詩文創作與藝術展演，結合五虎崙文學在地生根飄香。我享受
在山水間與家人散步到文鑑在釁崙遠眺，讓藝文陶冶身心。

> 落日
> 煮沸一條淡水河
> 燃燒
> 整座黃昏
> 直奔臺灣海峽

　　淡水最紅的名產是落日！跟隨落日，沿金色水岸走到烏啾
埔（第一崙），驚喜於淡水區公所二〇二二年初完工的和平公
園滬尾藝文步道，精選和淡水有關的詩畫名家作品，運用自然
景觀拾階而上的特色，讓民眾徜徉於山海美景之中也能欣賞大
師級的創作。隨著路寒袖……〈拉不住的夕陽〉走在詩路小徑
上，享受與詩共振的暢快淋漓！輕唱葉俊麟〈淡水暮色〉重新
找回迷失的感動。回程爬上有九面國旗飄揚的紅毛城，想起老
人家口中的紅毛土（水泥）和荷蘭豆（豌豆）的名稱由來，發
現生活中的異國情調。來到砲臺埔（第二崙）：

> 小白宮在舉辦婚禮啊
> 成排的半圓拱門集體紅妝
> 優雅迴廊著白紗
> 百年緬梔正好合

含香
捧妳在心口
秋陽穿透橘紅屋頂
灑下美麗誓言

對比詩人周夢蝶曾經住過的海景第一排白色小屋以及年輕學生約會於失戀橋的場景，此時從山崗至高處眺望淡江嘛日，真有莊周夢蝶恍若置身畫境之感。

若嚮往淡水絲路，就往崎仔頂（第三崗）：

想起阿祖的扁擔
挑著山產在九坎店交換漁獲
生活的滋味　上街
下街
古銅色
嵌入時光階坎裡

走在重建街，數著七段坡度的階梯，你隨時要注意時間與空間的縫隙，隨地要準備跨越今古。這裡的貓自在而神祕，彷彿從明清歷史走出來。見證嵌入時光坎裡的許順記紅色木板門，一塊塊拼接著淡水第一老街的叫賣聲。石階高高低低迴響著，祖先的叮嚀：絕對不能讓怪手挖走靈魂。隨著香味走進滿臉綠紋的迴廊和亭仔腳，聞著十六種香草的茶歷史，來！香草

街屋喝杯熱騰騰的香草茶，佩服先人空間設計的智慧。庇蔭子孫栽種香草，傳承這份熱愛釀造人間好滋味，讓溫潤回甘的香草茶帶你回味戀愛巷，當重建街的才子王昶雄〈阮若打開心內的門窗的作者〉，戀上清水街的佳人：

　　　拱梯的紅磚悄悄轉
　　　玫瑰色
　　　他們牽手
　　　打開九坎仔街心內的門窗
　　　共譜愛情歌詩
　　　代代傳唱
　　　古街道五彩的春光

走到米市仔邊再看一眼老甕，想起阿嬤醃製的醬缸味：

　　　蹲坐米市仔頂
　　　守著
　　　一根根百年歷史撐起的老屋
　　　傷口般滿腹無聲的故事
　　　老甕腹中醃釀的記憶
　　　還留有芳醇的味道？
　　　舀一匙愛
　　　敷上歷史的瘡

　　從上街逛到下街，聽見李炳輝的那卡西《流浪到淡水》（陳明章作詞）在清水街的菜市場，演唱鄉愁，充滿人情味的傳統市場總是讓我流連忘返。

　　假日的話，老淡水人會習慣性地禮讓給上班族或外地人來避開人潮。就從聖本篤修道院的鼻頭崙，往北四走三空泉或滬尾櫻花大道，再接北三往我終生無數次的回娘家路線，也是我與家人的成長步道。在大屯山腳下的山仔邊回到詩的原鄉，從容做自己，悠閒像隻白鷺鷥：

　　　　一隻腳站上水田
　　　　像朵浮雲
　　　　倒影

　　　　悲和喜
　　　　都從胸坎振翅
　　　　變成遠方的樹林
　　　　林梢上
　　　　一串白淨的音符彈出。

　　二〇一七年國際詩人在李魁賢老師的家鄉忠寮桂花樹巷，栽種以各國詩人自己為名的桂花樹，期待每年回到臺灣以詩香辨識。二〇二二年秋天完成陶板詩路，在綠竹筍林成蔭的牆面上，鑲嵌在地原生植物姑婆芋葉片造型的陶板，讓詩人拿起毛

筆書寫自己的詩。水聲濤濤，詩的語言如竹亮潔如筍鮮甜，如
公司田溪源源不絕，灌溉詩的田野，與萬物相融相生。

> 在忠寮，我是桂花樹
> 身體長著愛
> 心裡想著詩
> 桂花香
> 搭乘詩的護照
> 飄進國際詩人夢境
>
> 大屯山的夜是觀音山的月
> 在淡水，詩會自動找你
> 因為愛得夠深。

本文發表於2022年12月《淡水二三事》第三刊

序詩　詩生活公約

在潮溼多雨的淡水，有一個喜愛詩的班級。

以下是他們的「詩生活公約」：

一、春天用雨水漱口，譜出滿園鮮綠；中午潔牙之後，用
　　詩漱口，吐出芳香豐美的生活。

二、打掃完畢一定要把心裡的垃圾倒乾淨，好裝些詩回家。

三、平日為自己遨遊詩海，假日為家人現烤一條鮮詩。

四、當你因溼氣太重而發霉倒楣時，趕快拿詩出來除溼。

五、身體有疾病找醫生治療，心裡有苦悶要找詩自療，想
　　發怒打架無聊者，請先三詩而後行。

六、動如醒獅，靜若吟詩；動靜得宜，才能文武雙全。

七、不論生活如何失意挫敗，都要詩意滿載。

八、萬一生活著了涼，打噴嚏、流鼻水，請服用「詩詩」
　　膠囊，預防生命重感冒。

本文刊登於1997.01.10《兒童日報》教師頻道

作者當年任教淡水國小高年級導師

目　次

卷三　松尖的心事沾醒了沉默

卷五　彩色列車不斷在日落前趕路

卷一

沒有詩，生活只剩 一球咖啡渣

咖啡

0[1]

什麼樣的信念
讓咖啡豆
甘願
在生命最紅潤時刻
被投進火中烘　焙
無懼肉身被研磨
任沸湯灌頂
只為釋放一滴香醇

純粹是
愛

---

[1]　0是記錄自己年近花甲，才開始學習最難也最愛的現代詩。咖啡，
是我生來就不願嘗試的苦飲，卻是我第一首完成的習作！是詩迷
戀咖啡因，或者咖啡就是詩？

1²

溼答答的午後
來一杯　卡布奇諾
那迷人的香甜奶泡
以舞者姿態　推開陰霾
濃黑舞臺瞬間浮出晴朗

小匙輕敲慢攪
打結的心事全被解開
輕輕一吻
苦咖啡暗藏底蘊
擦亮微笑

《臺灣現代詩》第六十一期　2020.03

---

² 1是紀念第一次刊登於臺灣現代詩詩刊的習作，在不知情的狀況
下，由林盛彬老師代投稿，當被要求簽授權同意書時，以為是詐
騙集團竟然入侵詩的領域？求證後震驚於一個想法變成文字，印
刷成書的感動！因此持續投稿至今，從未間斷。

2

咖啡因
為愛詩的你特調腦內啡
多巴胺駕馭詩緒
狂奔至黎明
早安！特濃黑咖啡

3

可以忍住不嗜烤布蕾
不能不喝咖啡
咖啡　就憑一杯咖啡
狹路為你騰出空間
昏沉時撲你濃香
紛亂時冰鎮你焦躁
不喝咖啡
生活就剩一團渣

* 　以上四首，因喝下人生第一杯咖啡而詩成。

0、2、3三首收錄於《笠》354期　2023.04

211咖啡館組曲

1

雨連下七日七夜

白鷺鷥　從

詩裡叼來一束陽光

擁抱

卡進樹縫爬不出來的小雨滴

一首圓弧曲

以橋身心懷七彩虹光

溫暖生命中霜降的日子

2

聽說鼻頭街 21-1 號將有號外

狗仔強風暴雨中前來

捕捉證據

逮到咖啡杯留下的唇印

指紋和詩句

原來是精神外遇

3

接獲線民報案

211 咖啡館午後將有

毒品交易

警方埋伏一整天

終於破獲

嗜詩配咖啡的上癮者

* 記2022年霜降日詩人共讀。

1-3三首收錄於《笠》354期　2023.04

生活

1

Shopping! Shopping!
錢把生命花掉

Walking! Walking!
衰老走出去　青春走回來

Writing! Writing!
詩打造第三世界

2

垂釣
苦花或塑膠袋都可能
成為詩

1-2兩首收錄於《笠》355期　2023.06

活著

1

陽臺上太多的捨不得

只能雜亂

太多牽絆

找不到真正需要

生命的抽屜

只想讓一首一首好詩填滿

這是我活著的唯一時刻

《笠》354期　　2023.04

2

生

這一座大懸崖

垂掛在心頭

總是超重

總是撕扯

總是痛
痛到裂開
擠出扎心的碎石沙暴
才知道自己活著
多麼痛快

3

生命太苦有糖就好
青春太短有你就好
想太多　就老了
想太少　卻病了
都不想　又癡呆了
無論你想不想生命都會結束
但是
寫下來不一樣
詩知道
詩清楚知道

為詩撐把傘

風雨相撲

傘骨細又瘦

卻是唯一的舵手

傘蓋如帆船隨時可能解體

強颱迎面我也不轉向

為詩撐起一把傘

如常趕去殼牌倉庫共讀

一首詩

安住身心

《笠》354期　2023.04

走路去讀詩

走著走著
路不見了
詩走來打招呼
讀著讀著
詩跳動我的心臟
牽引我的眉毛跳舞
舞著舞著
整個教室充滿詩的磁波
來回振盪

時間熄了燈
詩仍在我腦中尋找一條路
走回家

詩呀！

1

比愛情甜
比魔鏡真實
比嗎啡鎮痛
癮得無毒無害無止

2

等待安靜
等待黑夜琢磨
在星星消逝之前
彈出一首寂寞的黎明

3

說來　就來
來不及打開手機記下
說走　就走
顱腔走出一朵雲

4

薜荔攀爬嚴冬冰窗
把自己繡成
一匹
春的絹絲

5

系統
靜靜長在身體裡
我睡　他過濾雜亂生活
我醒　他還日子純淨
我夢　他醒
在另一個維度忘了自己

6

一片森林
站在家門口等你

鳥鳴　日落　不斷敲門
你藉口忙碌不見面
風濤狂躁時你突然聽聞橘香
芬多精
從大屯山頂奔來清醒問候

7
一尾苦花
潛伏暗石處征戰激流
守候人心

8
被雨拘留的人知道
雷鳴閃電只是一道煙霧彈
混淆多疑的警衛開啟鐵窗
讓詩奔跑

9

大屯山盤坐古溪道
老榕樹拋下根鬚
垂釣寂靜
一
條
詩　　　　鉤
劈　　　　　上
　哩　　　　跳
　　啪　啦

無眠

1

要不是笠藤壺累癱了
怎會攔不住沒有邏輯的腦細胞
暗闃黑色的潮間帶

騎乘浪花？

2

深夜溺水
找不到翅膀

拖不動
擱淺的巨頭鯨
醒不來　　睡不去

3

海潮翻攪記憶庫
沙粒鑽進眼眶充血
任魚眼切腹蟹啃咬到天亮

浮腫的日子　睜不開
一句詩

孕味正濃

有風　無風

心中都有個詩的胚胎在成長

一粒種子舞成波斯菊

整片草地鮮豔微笑

有花　無花

眼睛迷上一瓣瓣詩的形影

雨後桂花滴露

滿山新綠拈來潔淨話語

有雨　無雨

詩的胎動輕輕翻轉

我懷著你的幽香

讓新生命一字字一句句茁壯

如百花沐清泉

孕味正濃

書桌

醒在綠繡眼聲聲喚
風切開窗簾。亮
睜不開眼
調整角度讓光
從背後從腳底爬上腰爬上心
爬到全身。暖

關在書冊的文字被放風
日光浴慵懶了
疑慮
只有書桌沉著不動搖
固守初衷

詩展

詩展開始
牆把白交給詩
詩伸展筋骨穿梭今古
舞臺
牽動心絲萬縷立體交織
不讓感動墜落
因為感動
世上才有詩

詩展結束
詩把白還給牆
牆面對眾相獨白
因為白
詩的解讀空間無限

因為詩
人類
多了一個世界

雨天讀詩

豪雨　淋透執意外出的鞋
抖一抖　沾黏在身上的頑皮
水珠潤溼筆尖
就讓遺憾如水　滴出一字字
陰雨連綿　吞蝕陽光計畫
黴菌正在茁壯
磅礴嘲笑邪惡
就讓陰霾如雨　流出一行行
連日大雨　不斷沖積鬱悶平原
就讓盲目執著任暴雨去衝擊
翻開　一道穿越無數亂雨
奮力游來的彩虹
聽雨聲　伴讀堅毅的晴朗

* 感謝蔡秀菊主編大雨中為我補寄詩刊。

《臺灣現代詩》第六十六期　2021.06

再生

一隻隻磨破青春的舊鞋

骨肉崩塌裡頭

住進

一群群被期待的多肉植物

穿戴陽光

美麗

鑽出汙垢

舊鞋走入新生活

《笠》354期　2023.04

過渡

詩的扉頁在腦海翻閱
詩的形聲在眼耳舞蹈
詩的靈魂
從一個身軀過渡到另一個身軀
從一個國家飛越到另一個國家
從世界到淡水
從淡水到世界

詩的子宮在天地孕育

Feeling Heady
—— For Carlos

秘魯國花向日葵
搭乘詩的翅膀
航過彩虹山橫越太平洋
飛來 Formosa 相會
Taiwan Golden-Rain Tree 張開
一片片金色小唇
迎風朗誦你的陽光詩句
金雨萬點忘情伴舞
花毯撲滿
不止息的歡呼

敬你
一杯臺灣高山茶
微醺淡水

* 20230925詩歌節茶會遊戲，我抽中寫詩給 Carlos。

忠寮路上姑婆芋見詩

姑婆芋原生的野性美
陶板葉抓住了
新住民是詩

一首一首搬進新家
大屯山邊的山間小路
蟬聲竹林相思樹多部朗誦
詩句來自世界各地
詩的種子
爬出擋土牆鼓掌
詩的音律滑落母親河

寒露 1 滴　2 滴　3 滴……
白鷺鷥叼來月光
詩寶寶在陶板裡聽著蛙鳴入夢
青苔憨憨守護靜靜伸展
不知自己長成詩

除非

想像　一張 A4 白紙
是你的全部壽命
活到幾歲任由自己決定

按照等分　撕掉
你活過或錯過的日子
剩下的紙就是你的餘命

扣掉　愛與恨睡與不睡
牙疼不疼都得吃飯得工作
身體聽不聽使喚都得　扣掉

紙越剩越少越虛無
除非

詩

* 20230925國際詩歌節以茶會友時想起一個遊戲。

蝴蝶效應

你看見蝴蝶那薄弱的翅翼嗎？

一顆蝶蛹
瓦解幼蟲結構
鼓舞體內微小氣流衝破禁錮

一個生命共同體
使鐵刀木*斬斷慾望深根立場
迎向九重吹*雕刻神木線條

一項環保實踐
是一粒蝴蝶翅膀上的鱗粉
折射陽光閃亮人心

你豎起耳朵　蹲低　蹲低　再蹲低
聽詩振翅
捲起一場龍捲風——

詩湧出清泉洗滌髒汙
淡水河流出觀音山的莊嚴
每一滴信念連接成河流向全世界

讓家園永續
聽蝴蝶振翅

* 九重吹、鐵刀木都是質地堅硬挺拔的蝴蝶食草名稱。

卷二

静坐　如荷

口罩

戴上口罩　學習閉嘴
像嬰兒般
重新學習簡單過日子
張耳傾聽大自然　睜眼愛

想要與需要相互猜忌
戴上口罩　勇敢外出
購買更多的恐懼

原來　最關鍵的奪命病毒
是一直在變種強大的
慾望

《笠》345期　2021.10

第十五天

都第十五天了
你仍在我身體裡面

病毒自肺葉點煙放火
燃燒聲帶
腫脹喉嚨
塞住鼻腔連睡眠都被上鎖
我無門可進

戰場就在自己體內
不准投降
吞食物灌水
視訊看診服藥企盼
長出武器抵抗屠殺

讀詩吧
腦霧層層
針

痛刺腦髓
詩遣來一匹駿馬
承載我確診的靈魂奔逃

都第十五天了
快篩仍是兩條不變的陽
難道病毒也愛詩
賴上我不走？

《臺灣現代詩》第七十四期　2023.06

第十三回¹

2011 年東日本 311 大地震
杉樹噴出花粉染黃整座山林
地震碎擊人心
海嘯竄改血淚史
核災驚悚每一條神經

愛
超越生死
逆轉海嘯
從世界各地湧來
修補福島深裂的傷
一隻隻小綿羊努力攀爬
鹿狼山²迎接曙光
讓觀音山彩霞知道你們平安

1　記日本在臺留學生，每年舉辦「日臺・心之絆」、「謝謝臺灣」
　　活動在淡水，2024年正好是第十三回，也特地帶來青森蘋果，期
　　盼同舟共濟，相互扶持。
2　鹿狼山位於福島濱海，以賞海景追曙光聞名。

活下來　並非理所當然
記住無常記住恩情
一百顆青森蘋果一百種感謝
謝謝臺灣　謝謝臺灣　謝謝臺灣

《臺灣現代詩》第七十八期　2024.06

悠然靜坐　如荷

疫情恐慌蔓延

一朵荷花　悠然
靜坐
靜坐於腐敗了千萬年的汙泥裡

荷葉堅信
純淨的奈米靈魂
可以啟動天然的自潔效應
可以隔絕病毒
可以抵擋生死

卻不能阻止詩與美的親密連結

《笠》344期　2021.08

後瘟疫時期

1

我們相識於瘟疫蔓延時
只認得恐慌
眼神和眉毛

後瘟疫緩和期
不認得陌生
鼻型和嘴唇

妳是誰？
幸好聲音記得身形不變
幸好我們活下來

2

新冠病毒走出腐敗肺部
向世人宣告：
因獨裁思想引發之恐怖攻擊

絕非本株變異種

特此警告

野心人士勿縱放砲彈嫁禍無辜

3

病毒致人類：

若你要占領

何不派文字上戰場

何不選詩當戰將

進攻人類的大腦？

流浪狗

跑來　跑去　大街與小巷
靜止於垃圾桶裡便當盒的
一塊骨頭　牠的肉
誰啃去？

鑽進　鑽出　風雨和車陣
奔波在洶湧縫隙間生命的
一朵曇花　牠的美麗
誰偷走？

《臺灣現代詩》第七十三期　2023.03

只是一隻浪犬

1

一隻被狠心車輪粉碎

骨折的米克斯

瘦長的口鼻腔

被團團橡皮筋

圈住聲息

痛　染紅了綁繩

是誰

對一隻幼犬打了死結？

2

哀嚎

自肺腑經繩結震撼到樹枝

共振了救援人的耳膜

一雙眼神
清澈了那位實習獸醫的心
雙手握滿愛
切開邪惡
縫補傷痛

一隻浪犬開始
唱歌了

3
腦部被誰重擊的愛犬
癲癇一發作
整個家就跟著觸電般
抽搐的身體
撞擊上吊翻白的眼睛
腦波不正常放電
生命就無辜大地震
震央在黏沫與排泄物裡

失禁
努力撐起身體又狠狠摔落
摔落又撐起⋯⋯
撐起又摔落⋯⋯

我只能屏息
扶著生與死來回穿梭

4

緣分
不需要言語翻譯的磁場
只是迎面一瞥
就能靠在肩上撒嬌
一位相同頻率的路人阿伯
為你寫上名字打造專屬的狗牌
親自送來　給你

5

纖弱女孩
遛著強壯浪犬
野貓橫衝過來
浪犬變獵犬神勇飛撲
忘了繩
狠拖救命恩人去撞車
手和臉磨進柏油路
煞不住

6

深信那狂奔不是我家的狗
因為我手心緊緊握住牠的牽繩
為何長相吼聲都一樣？
我再次握緊手中繩

竟然沒有狗

7

打烊時
縮起手腳當靠枕
窩進床裡
像國王登上自己的小狗島
夢裡鼾聲自在
流
出地面

8

主人的聲音氣味與電話號碼
隨同晶片植入我的血脈
我也是有身分有家人的好狗
分離
是一株焦躁的癌細胞透明
擴散

越孤單越兇猛
即使分秒

9

賞狗
不必預約
只要一顆心
跟著趴下來
世界
輕於一根羽毛

10

22公斤米克斯的洗狗工程
吹風機吹到爆狗毛才甘願滑順
狗香了浴室臭了
狗白了人黑了
狗笑了人累癱了

11

水蜜桃是一箱誘惑
潺潺滴落的口水成河
狗
就算要造船划槳鑿山洞也要
吃上幾個

只是手術費花了四萬元

12

宅狗的生活圈
在一米直徑的牽繩裡
愛的圓
一半在主人眼裡醒著
一半在狗兒身上睡著
夢　是彼此的甜甜圈

13
阿姨在夢中被狗擠下床
是彪馬又捧我？還是
誤闖成吉思汗帳營被射殺？
阿嬤聽見山崩
只見狗像皇太孫占滿床中央
你這隻山豬　霸占我女兒的床
狗媽媽快跑過來用全部的身體包住狗
檢查有沒有半根毛受傷？

14
聲樂老師教發聲：
學狗震動腹腔
學狗暢通發聲管道
學生累成狗
吐舌急喘
老師用狗的丹田汪汪叫

對對對　腹部再用力　快快快

窗外浪犬一聲雷鳴
震碎玻璃心

15

被丟棄在公墓的合唱團
一有活人經過
便集體嚎哭

16

是誰又在大聲狂
吠？
狗豎毛怒吼　為主反戰
直到
人　學會說人話
狗　放手趴下

流浪漢

淡水捷運公園裡
茄冬樹下
木椅上
不拘束的夢在流浪

雙手交疊於胸前
清空的腦袋枕上一隻塑膠鞋
另一隻拖著地
拖著青春走過大半輩子

半閉的眉目在晨光裡仍有
半開的自在曲線
耳朵隨風舒捲
彷彿一條柔軟的天線
自由收聽

偶爾麻雀群集偷偷啄食
懷裡的夢

偶爾海鷗經過　嘎～嘎～嘎～
有夢要飛嗎？

《臺灣現代詩》第六十九期　2022.03

呼吸就好

頭頂上　轟隆轟隆　是捷運
乘客要回家多麼便利
為何冷眼比嚴冬更嚴酷？

寒流鑽入你的睡袋
白天就要縮進建築物角落裡
陰雨還是浸溼你
薄薄的一層夢

沒有私密的夢
晾掛在禁止通行的三角錐頂
滴落不肯透光的水

你胎兒般
四肢交抱於胸腹
無念　無想　無是也無非
呼吸就好

《笠》355期　2023.06

奔馳只為等待

外送員身軀堅毅　烈陽下奔馳
奔馳　為了等待更多的等待
等待一片清涼的樹蔭
可以遮擋顧客抱怨的白色眼球
外送員身手敏捷　暴雨中奔馳
身體可以淋漓　道路可以溼滑
用力撐開眼皮　護住滿箱的希望
一張晴朗的小費　烘乾溼透的心
看見一彎微笑
達標的里程數迎來誘人的獎勵金
終於可以為自己送一份餐點了
親情呼喚催促繼續
奔馳　繼續等待
得在睡覺前　購買一罐嬰兒奶粉
回家　等待一個擁抱

《臺灣現代詩》第六十八期　2021.12

街頭藝人

1

胸腹貼著媽媽的背
嬰兒四肢隨媽媽的肺活量
升降
她們一起找尋默契
讓烏克麗麗彈跳夢境
把母愛的形狀唱出來
用熱情留住圍觀
與捐獻箱歡呼共舞
她們一起忘記嬰兒背架
把體重換成雲朵
把同情換成驚喜
讓路人懷疑自己　為何不開心
不會換氣？

《笠》351期　　2022.10

2

為了圓夢　Maria背起孩子

穿越夕陽

烏克麗麗

是她們最親密的依靠

觀音山是渾厚安穩的大音箱

淡水河熱情浪花是悠揚的弦

Take Me Home, Country Roads

飛鳥　人潮　嬉鬧聲，隨歌伴奏

河面一艘艘滿載幸福的遊艇

將一串串旋律悠揚航進

黃昏的腹腔

夢　搖滾

從指尖到天涯

3[1]

黃昏開啟思念的窗口
記憶是一條不受控的蛇
蜿蜒鑽進斑斕最深處
咬住命運的痛點

右手按弦
將廣場耳朵誘入共鳴箱
隨歌飛舞的翅膀　對對雙雙
抖落塵囂

左手單指撥弦
划著雲朵　翻轉旋律
讓天空綻滿玫瑰
循著幽香構築歌王吉他夢

《笠》357期　2023.10

---

[1]　記永不認輸，癱臂單指吉他歌王。

踩踏雲端的鐵工

鷹一樣身手矯捷

雨中踩踏雲端
吊掛
禁錮在歲月裡的沉重鐵條
風中伸展鷹爪
鉤住
顫抖的牆面
鷹眼銳利
穿透鏽蝕的鐵皮屋

用專業
鎖住鋼鐵裡難免痠疼的筋骨
重建紅塵中難免殘破的日子

舉牌工

1

在最熱最鬧的十字路口
舉起
明豔的畫術與動人的話術
一顆洩了氣的頭顱
為了領工資我將生命分割於
烤盤炙燒

2

太陽越大
廣告招牌越辣
蜷縮的人好像被蒸發
我是招牌底下
一條無法放手的焦黑握把

3

機車轎車卡車競飛
廢氣像旋風一陣陣
傾斜
使勁才舉高的廣告招牌

我站在繁華路口
等候
比蝸牛緩慢的時間

4

背起招牌
站好指定位置
綁住一把傘撐開一個夢

午時陽氣正旺盛而我宜閉目
練習把胃口縮小

貼緊那寬大無邊的招牌
讓紫外線把溼黏的夢烤熟香透
待落日看見涔涔汗滴
白信封袋裡幾張薄薄的依靠

1-4四首收錄於《笠》354期　2023.04

路邊按摩小棧

母親用全部體重按進去
纖細手臂頂起全家人的希望

搔不動的癢啊

他為她微笑裸上身抱歉自己太龐大
她為他站上板凳拉高距離增加地心引力
捉捕耽溺在肥厚穴道裡的嫌疑犯

時間是溫柔的警探

被圍堵的嫌犯節節痠麻聲聲痛
一條海綿蛋糕香酥自首
他抓出最後一夜旅遊所剩的越南盾
為她按摩敏感帶飢餓的胸口

她的幼兒用眼睛按摩手機
按摩親情

手機三首

1

他睜開手機的眼睛
世界才開始呼吸
彷彿給出生命的是手機
而不是他

2

生命是一串串密碼組合
從臉孔偵測次數判讀
靈魂的自由度

從指紋辨識你不是機器人
只是一個純粹依賴機器的人

3

瘋眼球時代
失眠的人不數羊

腦子存在手機裡
沒有手機不會工作不會吃飯
記不住親愛的叮嚀

親友面前
說不出內心的痛
觸摸不到愛的溫度

　　　　　　1-3三首收錄於《笠》347期　　2022.02

橡皮擦

鉛筆和橡皮擦是絕配
有鉛筆才有橡皮擦
有橡皮擦鉛筆才能放心做自己
鉛筆愛創作白天寫晚上畫
橡皮擦貼身護衛
看見錯誤就動手
擦掉衝動的慾望
擦掉尷尬的笑容
擦掉疑惑的眼神
用乾淨揉搓髒汙
卻殘渣般被甩落一旁
鉛筆找不到橡皮擦
心會慌會急
會再買一塊買一盒或買更多
還是會用 3C 來取代？

橡皮擦只想做動詞
不願成為歷史名詞

駕訓班

教練場模擬各種路況
學員按照口訣拚命練習
考取汽車駕照新鮮上路
真實道路找不到記號
告訴你轉幾圈
沒有教練幫你踩煞車
慌亂豹子膽猛力誤踩油門
報廢一部車
燃燼加滿信心的油箱

生命的道路
沒有證照就出生
沒有模擬考試就上路
沒有劇本
沒有導演
沒有第二次
死亡

進行式

廢棄塑膠在太平洋締造王國
面積超過印度國土

塑膠粒
美人魚珍珠般的眼淚
抹香鯨誤認的致命魚卵
魚網纏繞海豚窒息
吸管刺穿落日
彩霞失血換沉霾
引擎噪音淹沒浪潮吶喊
嘔吐一波一波

你能忍受多久不使用塑膠袋？
用腳走近海邊
聆聽海龜絞痛呻吟
誰　又在製造高溫毒氣？
油汙滴漏美麗謊言

只見沙灘獻出自己的肺葉
靜靜過濾

塑膠　鏈起惡性循環
慾望　正在屠殺地球

《笠》356期　2023.08

善惡之間

1

人面蜘蛛
擅長紡織人性
兩倍人身的黏絲天網
織滿邪惡

虛擬帳戶香甜獲利
一圈　一圈　又一圈
貨幣　越投　越多　越深陷
一層　一層　又一層
你看見他頭胸部長著良善嘴臉
看不見腹懷狠毒貪詐

你賭命擠乾貧血向銀行貸款
購買獵物
再用深淵困死自己
送給獵人

2

懲罰

被詐騙集團搾乾的軀殼
丟了靈魂掉了最後一滴淚
日夜打工還貸款
你心疼想幫她
她到底有多久沒吃飯沒睡覺
她無力回答不要你幫忙

你溫碗湯要陪她喝
她已睡回嬰兒

3

藍天皺緊眉頭印堂又發黑
歪扭變調太邪惡
天庭提雷怒斥

坐高位的人一定聽得很清楚

為何偏要割掉耳朵？

煙火與砲彈
──回應李魁賢老師的詩〈晚霞〉

都是黑色的粉末
煙火在歡笑碼頭向臺灣欒樹
璀綻銀花
砲彈在俄烏戰地向無辜生靈
塗抹炭火

都是震撼的聲響
煙火期待情人尖叫
砲彈慶祝轟掉自由

都是人類的創舉
煙火實現夢想
砲彈
炸碎煙火

* 記20230827淡水漁人碼頭施放史上最長煙火秀慶祝情人節，在我
  耳中卻響起俄烏戰地最血腥的砲彈攻擊。

卷三

松尖的心事
沾醒了沉默

臺灣百合

細瘦花莖鑽穿岩縫
爬過雜念叢生的草莽
只為綻放一身清白
潔淨整座山坡

雲朵裁成小喇叭
吹走冬眠樂章
整個春季綠白相擁
搖滾

原稿收錄於《笠》345期　2021.10

蒜香藤

站上白籬笆
紫色法國號越攀爬越高音
一群
嗡嗡嗡　嗡嗡嗡　嗡嗡嗡
一群
吱吱喳喳　吱吱　喳喳
再一群
細雨敲木琴　淅瀝瀝淅瀝
又一群
微風吹口琴　呼嚕嚕呼嚕

紫浪
就愛對著春天歡歌漫舞

客家桐花三行詩

1

穀雨飛白雪
花落水面織成詩
朵朵嬌羞念青山

2

桐花被風搖
飄進陽光絲絲雨
純情桐雪映虹彩

3

桐樹撐起天
仙花熱戀了大地
紛紛降落人世間

4

桐花伴微風

邀請蝶鳥來比翼

滿山星斗為妳癡

油桐花

1

拒婚嗎？

輕輕推開　擠進門的蜂鳥蝶

嬌羞藏躲在樹頂端只給青山看

天空騎雲從遠方奔來偷窺

風最狠　搶下來

嫁給青草隨溪河去流浪

2

小雪人圍著白雪公主

山腰斜坡

演練

春之圓舞曲

白紗禮服

歇在樹梢任風梳妝

雲的碎片
輕輕划

山的琴弦誰彈撥？
蜂鳥蝶迷戀花間白了頭
只有風不說一句話
請來滿山滿谷的桐花高手

3
一片烏雲
穿過雷
朗讀
穀雨寫在油桐花瓣的歌詞
一個滑呀
跌落百合花谷
細細的香
搔得你鼻子癢
恰似笑翠鳥俏皮的笑聲

無伴奏樂章

一把琴
無夢無眠
任梅雨觸動心弦
絲絲酸澀
沖刷不去的思緒黏膩
誰在乎

一滴雨
暗夜獨行
睡進樂器裡
傾聽
自己
勝過無明整季滴滴答答

《臺灣現代詩》第七十一期　2022.09

海拔一千公尺

愛
一顆顆現採
快遞
從高山部落拋過來
滿箱桶柑鮮甜
噴淚

（妳是如何得知
我正在菜市場發慌
遍尋不著那帶有辛香葉子的
鄉愁？）

---

* 記2023立夏前二日，摯友孃瑩宅配給我最珍愛的桶柑。
　2024芒種前一日，整個松鶴部落僅存的鮮採帶葉桶柑都快遞到我
　手上，蜜柑，鹹著汗與淚，讓我重溫陽光裡蹦蹦跳跳的童年。

小滿

你看那極品金萱
裝得太滿只能溢出
燙了手還摔破茶壺

最美
花開八分
留二分期待

月圓九分
留一分想像
給詩

生活小小盈滿
為自己的愛
留一段夢

《笠》350期　2022.08

蟬

腹鼓震響夏幕
滾燙歌喉介於噪音與聲樂交界
情歌火熱
聒噪起雌蟬賁張的血脈
急急急　急急急　聲聲急　急急急

沒有什麼比知了更知了珍惜
此刻燦爛來自祖先無盡陰暗的蟄伏
得產卵得將浪漫結晶刺入樹身茁壯
毅然躍入土底消隱如枯葉
等待下一個十七年

當所有鳴唱交織如天籟
新的生命鑽出舊的生命墜落
小小身軀巨大使命
鳴響柴可夫斯基悲壯樂章

《臺灣現代詩》第六十八期　2021.12

電風扇

馬達發動熱烈的愛

在大暑

你轉動每一根骨節

連一顆螺絲都不放鬆

抬高額頭　低下額頭

只為將千風萬縷

揉進

她躁熱的毛細孔

你用心旋轉葉片

像一座瀑布沖涼發燒的山

讓負離子繞著她滋潤

護衛她走進夢裡

遇見春天

原稿刊登《臺灣現代詩》第六十九期　2022.03

大暑

1

早在你睜開火眼前一個時辰
我在男人山與女人山之間
飆車
闖進你的眠床
驚嘆卸下陽剛面具的你
嬰兒般紅潤柔美的夢境

2

無法冷靜的細胞
鹹鹹溼溼
好像被塗上一層黏麵糊
正要下鍋油炸
稻穀一樣飽滿的金黃
大暑

1-2二首收錄於《臺灣現代詩》第七十六期　2023.12

3

街舞
燜驣鍋裡
嗜辣欲噴的律動
節拍越滾越燙
燃點越來越低
夏焰磨亮肉感大地
整條街
空
翻
躍過黃經 120 度

4

藏住光芒
坐在處暑的觀眾席
靜靜等候白露
只留耳朵
聽蟬
催眠大地

暑熱可逃？

1

沙漠玫瑰花開一朵

眼睛迷上一球火龍果

夏日舔走了冰淇淋

2

雲朵矇上烈日的紅眼

蟬嘯整座森林

悄悄

震碎小暑的心

3

雲朵鬆鬆綿綿

一隻隻聽蟬說禪的

白貓

4

比露珠早起伴晨雀覓食

午後獨飲山苦瓜汁

夜晚竹扇搖出秋風

5

靈感跌落蒸籠

魂魄堅持要以更高溫的煙霧

衝撞平庸的鍋蓋

讓一粒一粒思想熟透

6

大屯山頂烏雲罩

淡水河面藍白跳閃

雨下不下？

雷公熱得撞破天空

1-6六首收錄於《笠》356期　2023.08

7

被毒蠍吻住腳趾
被螞蟻鑽進耳孔
不，悶熱是
賞賜給身體排毒的
珍珠

8

雷雨揮劍
痛宰暑熱
夏日江湖蓄滿清涼

秋　芒了

1

秋在風中
霜降滑過芒葉
肩胛骨
抖起寒顫一波波

2

芒花大搖大擺闖入初秋
爭論
第一個叫醒秋天的是誰？
吵到滿山橙黃楓紅
枯乾的嘴仍在問
是誰　把秋天弄丟？

3

山崗上的芒花
又鹹又溼
在海裡翻滾千浪

4

一朵雲
在浪裡找自己的影子
走到山坡才發現
秋天的芒花
更像自己

1-4四首收錄於《笠》346期　2021.12

秋在風裡落成葉

風　撥彈滿樹音符
等待　從翠綠到橙紅
青春已枯黃　小小一片
嘆息　掉落湖心

風　吹皺滿湖心事
是結束還是開始？
翻個念　轉動殘身
仰視藍天如鏡　映照
湖面波濤萬頃　回音轟轟

唉！
誰能比落葉更深入秋光？

《笠》345期　2021.10

霜降晨思

霜降日晨起
與老松樹相視

葉尖
停留一滴露珠
那是昨日蒸騰後的
寧靜
松尖的心事沾醒了沉默
在晨曦中發亮成一個小世界
然後
隨風消逝

飛不走的孤獨就住進年輪裡
每日增長

《臺灣現代詩》第七十期　2022.06
「淡江『西』潮──文人的與人文的視覺聯想」

寒露

你的身體
早已走入秋天
都第三個節氣了
午時未到
你的心
止不住思念飆破高溫
甘願蒸發在盛夏
燜燒

到午夜血管裡
奔流不盡的愛
等候月光靜靜纏繞
凝結
一粒珍珠　趕在清晨
送妳

《臺灣現代詩》第七十二期　2022.12

楓

1

秋已暖身入色
撿起一葉紅透的夢

心醉的季節沙沙響起

2

秋的眼神
盯住一片
即將
凋零的楓

逆光下
透出青春紋絡
編織夢想的葉脈
沒有時序的驚恐

3
楓葉
一滴熱血的
夢
沸騰時是
一片唇
枯萎時是
一首詩

1-3三首收錄於《笠》348期　2022.04

楓梢上的紅酒

立秋一到
綠繡眼舉喙專注
點算著樹梢上的葉
紅　釀了幾許？
點著　點著　點著
樹枝一條條跟著節奏了
緋紅　絳紅　玫瑰紅
紫紅　杏紅　勃根地酒紅
滴答滴答滴著香

大寒裡　微醺的林子發燙
醉酒的風突然撞上來
一大群悅耳的遐想
倒空生命酒杯
層層酣暢
葉葉飄落

《笠》349期　2022.06

落羽松

春夏的妳青翠
似雲　若羽
五色鳥飛起
滿樹寂靜

秋冬的妳金橙
似夕陽　落羽
在水田中央
撐起一把絢爛大傘
遮擋不住凋零

水面上　枯枝孤影深淺晃漾
水面下　嘆息發不出聲
上下之間　四季輪迴

冬舞

1

白鷺鷥

抵住寒流雪般飛來

在停泊的舢舨船頭

舉喙就位

浪　一波波送來

你　目光銳利

瞄準海天接口處

第一條獵物尚未湧出時

奪標

2

陽明山前一群古楓

枝條曼妙吸引

一道彩虹

橫跨天藍雲白

楓紅舞影
強烈冷氣團吹響林中風哨
醉酒的旋律　狂亂
群楓千手拉不住

只有東北季風抱得住七彩碎片
一葉一葉冬之舞

大雪無雪

2023 大雪日
我在陽臺曬棉被
曬大屯觀音淡水河
也曝曬南北極冰川永凍層

想像後代子孫在歷史櫥窗裡
賞雪
是否還有陸地　城市　聖誕節
還有人
流出鹹鹹的淚？

《笠》359期　2024.02

大寒晨起

被窩裡貪睡的人
像一塊香濃的奶油
化開了
肢體香甜沒有重量
夢流著口水

鬧鐘
射出冰箭
刺穿耳膜
劃破滿窩溫暖
寒冷趁隙鑽進來

奶油起床重新思考
方正端莊的
意義

卷四
爬上樹梢的軟鈴鐺

無花果

1

把花朵的粉嫩
釀在果子裡
一顆顆青綠轉紅透紫的
祕密
是為蜜蜂留藏的夢

2

爬上樹梢的軟鈴鐺
圓滿身材
深藏紫紅色喜悅
叮叮噹噹
搖動初夏的
寧靜

3

想複製
一棵無需開花卻能夢想的樹
剪下一小段樹枝　立春
蘸著雨水插入希望
裹著金陽　和你
星光明滅中靜靜等待

1-3三首收錄於《笠》350期　2022.08

萬年青
——記林明珊畫作〈船中植物〉

一節
被現實拋丟在老舊船艙的
萬年青

風雨陽光裡
靜靜思索
慢慢滋長

長成
一艘船
一片森林

薜荔

1

風來徐徐

薜荔緩緩織

九崁街屋古磚牆的壁毯

風去裊裊

明清的絲線仍在嫣紅裡

綠

滿屋心事

滄桑就讓一串串心形葉

把門閂上

2

牆上的舞者

身子

裹著風

仙骨

貼著牆

神態
透穿古韻
伸　展冬日暖陽
整棟街屋跟著　款　擺
直到風　斜
　　　　舞
　　滴
翠

臺灣欒樹

1

戀上秋陽剛烈
黃花滿樹
緊緊夾住整條道路的歡喜
不讓
嬌羞的粉紅滲入

《臺灣現代詩》第七十二期　2022.12

2

吸飽陽光的金色花朵
躺在車子會經過的路面
讓妳感受
溫柔
忍痛讓輪胎輾過笑容

3
鋪滿自行車道
黃花瓣抱著玫瑰紅
騎士飆速
眼看輪胎底下一顆心
碎
急煞車
牽車繞過

4
寒露前兩天妳撐著大黃傘
熱鬧嘉年華
寒露前一天妳下起黃金雨
轉身
告別枝條：
謝謝你　謝謝你　謝謝你

5

寒雨微露

妳的心仍繫牽一條

臍帶

直到紅色蘋果

掛上娘身

再見　再見　再見

2-5四首收錄於《笠》352期　2022.10

薑黃花開

曾是滿身皺疤被拋棄的小薑黃
在土地庇護下
今以舞姿優雅開花
曾被現實的鋤頭鏟挖
渾身傷痕
今以黃鸝的動感
從傷口長出翅膀

一串驚喜自野地蹦出
一半粉紫一半金黃
在朝陽薰暖下
飛起陣陣的濃香
微弱身軀
堅韌生命力
花開了　薑黃

《臺灣現代詩》第六十四期　2020.12

曇花

是誰
碰得滿天星斗一陣亂晃
讓月光一步跨下凡間？

完美曲線自葉脈伸展
珍珠白舞裙翩翩然綻開
芭蕾墊起腳尖
點踏雲朵輕歌漫舞
暑夏中所有聒噪的等待都
靜了

整個夜飄浮在清淨幽香裡

《笠》344期　2021.08

野薑花

身邊總是雜草不斷
整片莽原昏晦
妳一生潔淨

白豔豔花瓣
撩撥
幽靜山林
每一條寂寞心弦

當落日灑滿金暉
妳一身優雅
自溪邊緩緩升起如雲霞

但誰　能握得住一朵雲
一朵純情的雲？

原稿刊登於《笠》349期　2022.06

軟枝黃蟬

一群黃粉蝶
沿著石欄杆婀娜起舞
輕盈風姿
只有自信的花瓣說得清楚

穀雨後
那金色的夢
披著柔軟絲綢微笑
戴上純淨珍珠
飛入我暮春的枝頭

小花蔓澤蘭

頭頂雪白小花
身穿心型綠葉

誰知美人蛇心
靠近你
只為蛇行壟斷陽光

纏繞從樹幹基底爬上枝條
圍絞整棵樹
勒斃
整片山野整座生態

朝顏

長長一條藤
蔓延多少夢
不論出生不管背景
頑強的求生意志
似可牽動一頭牛
不斷纏繞不斷攀爬
開出朝顏讓朝陽驚豔

* 　朝顏又名牽牛花。

夕顏

綠藤曲折傲骨卻柔韌
爬進大暑
綻開
夜幕
月光噴濺

* 夕顏即瓠花，又名月光花。

相思樹

為了迎接大雪
相思花
從季節輪迴軌道跑出
界外[1]
一朵一朵金色小暖陽
點亮紅樹林生態
整條水筆仔步道
驚蟄

我要開花
歌唱
那些金黃色的謊言
我要長新葉
哀悼
那些咖啡色的真實

---

[1]　因氣候異常，2022大雪日紅樹林步道開滿相思花。

水筆仔

媽媽不要痛

放手離開只因理想要
生根長葉
泥沼暗黑卻是柔軟的溫床
河海擊沖
筆依然向天挺舉
在天地間書寫母愛
妳被星天牛蛀啃的傷
藏在體內
不給孩子看見

媽媽
讓彈塗魚將妳的鬱悶
彈跳出來
讓海浪掏空煩憂
像招潮蟹一樣舉起提琴手
讓星辰海韻
為妳伴奏

綠林雅士

滿樹垂掛的筆
都是你的胎兒
紅樹林溼地鹹鹹又淡淡
正合筆寶寶胃口

勇敢探出頭
爛腐泥地也能撈捕生鮮靈感
在地平線最烏暗的底層
書寫
國寶級生命故事

一棵樟樹

1

乙未季冬　淡水河上游清淤
一棵百年樟樹的
頭
被打撈上岸

2

一把綠傘
撐住一窩鳥巢的願望
新房日日清香

3

樹皮縱裂
木溝紋理[1]
是你書寫身體的文章

---

[1] 樟的由來有三，一為《本草綱目》記載：「其木理多紋章，故謂之樟」。

4

一隻百年野生獐²被文明

鋸成

塊

削成片

蒸餾樟腦精油

5

不怕，被鋸斷的只是身軀

我的樟腦修滿慈悲

芳香持誦已超過一世紀

河底淤泥無法腐爛

潮浪如梵音搖我入夢鄉

卻哭著想回森林

1-5首收錄於《笠》360期　2024.04

---

² 　由來之二為香味類似發散香氣的動物「獐」而得名。

6

遇見樟樹遇見幸福[3]
喜鵲在八里河岸傳說
同心廣場的設計師將
銅心嵌入樹裡頭
願與愛永結
再用透明漆密封

7

癸卯大寒
彰顯同心的樟樹頭
蛀蝕
雜質太多的人世間如何蒸餾
純愛？

---

[3] 由來之三，樟樹即香樟，傳說中的幸福樹。

8

愛不願腐朽
電鋸如雷從頭蓋骨開始鋸
木屑如大雪挾香紛飛
一次垂直
一次水平
一座山水
上半身寫意下半身寫實

9

一座山水坐書前
樟腦傳奇不過半頁歷史
一座山水臥斜陽
翠綠醉紅皆浮雲
一座山水站上樹枝頭
懷裡抱著
剛剛出生的鹿角蕨

10

山巔一棵樟樹頭

相遇

海涯一顆心

香

織著春雨

抹亮鏡窗

11

每年東北季風一回來

八里坌[4]就聽見

一座樟樹的頭浮出海面

呼嘯

我便奔來河岸伸手握住

4　八里坌為平埔族原住民部落名稱的漢譯。

午後

秋日豔向西南
穿過嫣紫色九重葛

一條老街坐在影子裡
打盹
所有的風都在海邊戲水
只有斜陽躡足
如貓
沿著火紅古磚牆
蜷縮

昏沉時空該如何
清涼？

妝點
——記翁素梅畫作〈用彩霞妝點〉

雲為天空妝點
一揚眉　一朵沉思
船為大海妝點
一轉彎　一列青山
夕陽為黃昏妝點
從天涯奔馳到海角

回眸　已是一甲子
一絲蒼涼如雲絮
詩
妝點我壯麗的天地

占滿

只是一顆火紅的夕陽就把整個天空占滿了

整個觀音山占滿了

火紅的夕陽發酵著

珊瑚紅的酒麴

只是一顆火紅的夕陽就把整個淡水河占滿了

整個漁船占滿了

火紅的夕陽在黃昏的淡水

撒滿百花紅的酒香

只是一顆火紅的夕陽就把整個教堂占滿了

整個人占滿了

玫瑰紅的眼神為淡水的黃昏

敬上棗紅的酒

只是一顆火紅的夕陽就把整個眼睛占滿了

石榴紅的酒占滿胭脂紅的唇

以及夕陽穀倉紅的

墜落

就把整個淡水的心占滿了

特富野古道上喜見耶穌光

鐵道　枕木　舊吊橋
苔蘚從古綠到今
山椒魚　臺灣檫樹
走過冰河時期
歷史在古道特寫悠遠

風和　鳥鳴　溪流唱
白耳畫眉含著鮮紅果實
大吹口哨　報佳音
回回回－幽　回回回－幽
快快看－呦　快快看－呦

耶穌舉起光
穿透柳杉林層層迷霧
亮醒整座森林

展翼

站上 1120 公尺的七星山頂
我雙手如翼
與硫磺撲鼻的白煙一起遨翔

東北季風狠狠劈開我亂髮
就像撲倒整座山的白背芒
我是騎上七顆星的巨鷹
俯視淡水河　橫飆關渡平原
直飛臺灣海峽

回望　石階步道
隱退於箭竹叢林
遠山稜線畫出擎天崗圓曲的腰
環景天地中
童年
躲在積木裡玩著老鷹抓小雞

原稿刊登於《笠》341期　2021.02

諾氏鷸

使命感
從你的白色腹部發光
亮照鄂霍次克海茫茫暗黑

祖先遺傳給你的先進
導航
科學家分析不出的基因密碼
你孤身啟程
連續第七年準時赴約
臺南將軍溼地

忠誠
衝破瀕危
飛渡成一首曠世史詩

《臺灣現代詩》第七十三期　2023.03

丹頂鶴

釧路市丹頂鶴自然公園
水天沉寂一色灰
你走進畫裡
勾勒
雪裡川優雅線條

柔頸彈撥弦音
長腿細點
寬翼輕揚絲綢
仙神雙舞
尋找相合頻率相伴終生的唯一
愛的盟誓向天對鳴　千萬里

循聲但見雪花與墨韻　齊飛
一幅山水動畫
丹頂紅印落款在音羽橋

《笠》353期　2023.02

白鷺鷥

1

午後
冬陽膨鬆
一隻腳站在水面
像朵浮雲
倒影

2

一朵白蓮立於枯木
在空氣中等待
從泥沼間透出的
靜謐
是我失蹤多日的自己

3

悲和喜
都從胸坎振翅
變成遠方的樹林

林梢上
一串白淨的音符彈出

1-3三首收錄於《笠》348期　2022.04

4

鬧鐘響起
滿樹白花綻開翅膀
樹
飛走了一半

雙心石滬

石滬
捕魚的陷阱
只因有愛
兩顆心連成一體

滿潮
魚群源源不絕衝進來
退潮
愛擱淺在兩個心形石牆裡

愛的迷宮　蘸了蜜的吸引力
沒嚐過的　拚命想進去
在裡面的　拚命想出來

《笠》341期　2021.02

卷五
彩色列車不斷
在日落前趕路

灰

謎樣的身世
諸色都可能是你的前生
為了和諧
奔跑於黑白兩道之間

比白沉穩　比黑低調
比銀憂傷　比藍冷寂
為了包容
跋涉於無常悲喜之中

彩色列車不斷在日落前趕路
調配自己最亮麗的顏料
為了成全
你甘心選擇當背景

白

白
驅逐專制
熱愛自由充滿鬥志
白
捍衛純潔
挑戰陰暗過濾憂傷
白
謙虛學習
掬來月光為詩寫生活
白
安安靜靜坐在身邊
任你揮灑

紅

野火焚毀森林
地球之肺被美化的經濟文明
生吞活烤
火癌細胞擴散全世界

地球高燒不退
暴雨未澆熄山洪又爆發土石流
降不下日益飆升的體溫

海洋焦躁沸騰
村落　極地　正在融化
昔日魔幻森林
瓦解在鋼骨建造的神話裡

杜鵑[1]泣血
找尋
夾埋在岩縫裡落單的靈魂[2]

春
把希望開在最痛的傷口
發芽

---

[1] 鳥名，古帝王因失國而亡，魂魄化為杜鵑啼血；也是花名，豔紅
花色令人哀傷。
[2] 本詩寫於2024.04.03，花蓮大地震。

墨

一瓶墨汁
倒入一桶水
黑
倒入池塘
灰
倒入大海
海
仍是海

倒入虛空？

2023.03.18

滋味

誰又把鄉愁掛上大屯山邊
那片桶柑林？
橘皮裡布滿白淨絲絡網
網住遊子的心
橙紅的思念不斷翻攪
翻攪

找不到桶柑林的路
只能在菜市場論斤選購
鄉愁的滋味

《臺灣現代詩》第七十二期　2022.12

鄉愁

童年用竹枝糊上日曆紙的風箏
風箏拉不動的天空
天空睜不開的眼
眼底無法放鬆的手

總是卡進大屯山邊的桶柑林
拔草　拔草　再拔草
能否
拔除心中雜生的亂草？
等待　等待　再等待

剝開桶柑
日子瞬間芳香
滿山金黃修復的鄉愁
不只是風箏

天元宮

仰望　十層樓高的宮殿
是內心升騰的渴望

圓塔　挺起生命疾苦
安慰每一片赤心的櫻花
不讓櫻紅的信念隨風逝去
每一朵虔誠都在淨土上開落

馨香　是信眾的溫柔
飛滿殿宇內外
櫻浪　莊嚴
在時間之外的千頃萬頃裡
嘩然盪開

錶

2018 那年沒有心跳的寒夜

這支手錶　離開

媽媽插滿管子的手

再也無法觸摸

皺紋乾癟如枯枝

夾雜痛楚異味的排泄物

錶　曾貼在她的脈搏

共度二十一年悲歡

戴上它

熟悉氣味甦醒

滲入左手微血管

我的脈絡　我的心　我的腦

每一格

齒輪的轉動都有

媽媽與我的聲音響起

《笠》343期　2021.06

洗澡

擰一條熱毛巾
為母親敷臉
敷遮裸露的難為情
臂膀撐住她不安的胸
她嬰兒般趴臥著女兒

就從背部洗起
被日子壓駝的背
扶起來又癱了下去
被歲月削瘦的骨架上
包裹一層洩了氣的皺摺
肥皂再滋潤洗不回光澤

一對母女
角色互換

《笠》354期　2023.04

醇

釀製

一甕梅子

試圖止住孕吐期

像孕肚的甕

容納我許下的願

時間

是最美麗的麴

逐日消化青梅的酸與澀

旋開

三十二年前密封的老甕

芳香加甘醇

不只梅子

胎兒從稚嫩到青春綻放如梅花

生命的酸與澀在愛裡

轉化

《臺灣現代詩》第七十四期　2023.06

愛？

1

牙刷委屈對牙齒哭訴：
難道我還不夠用力嗎？
萎縮的牙齦　顫抖
滲出紅色的淚！

《臺灣現代詩》第六十三期　2020.09

2

用一生的精力掙錢
買一座黃金打造的鳥籠
送給最愛的金絲雀

3

雨連下七日七夜
為愛潔癖的薔薇清洗
沖掉風塵　洗刷錯誤的刺

刺　越洗越尖銳
雨　被刺
濺成透明的血

4

你陷落愛情
愛情在別人甜點上
蒼蠅舔過腥鮮的花飾
滿口螞蟻的語言
一群蜂　蜜吸
不放

5

秋陽非要用更高的溫度
烤
紅整季的楓葉
青楓寧願枯萎

隨風飄
逝

6

妳愛吃金莎巧克力
他拚命賺錢去買

滿屋的金莎
沒有愛情的滋味

7

他不夠愛妳嗎？
他用全部生命去買妳的金莎

妳不夠愛他嗎？
妳犧牲健康獨自忍受寂寞
吞進滿屋的金莎

8

日落中他們分開手機
各自抱緊彩霞各自療傷

凌晨 FB 跳出回顧
愛是我的詩
我懷了妳的孩子

9

在詩裡
他們看見彼此說不清楚的愛
比 MRI 鮮明
從此在手機裡過著幸福快樂的
私生活

我告訴過你

不要再用錢餵我
錢不是我的菜
你不知道山茼蒿多苦多甜

我告訴過你
不要再用愛勒鎖我
愛的鏈條壓斷我的肋骨
你從不知道我的心臟一跳就痛

我告訴過你
不要再用死來懲罰我
我們都會死
但　不是現在不是這樣死法

連死都不怕的你
為什麼怕不死

棉被

1
愛過

陽光穿過花被的身體
戀人的唇
咖啡與威士忌
秋老虎的體溫
骨子裡紫檀燃燒後
的香

2
曬棉被

受潮的愛
需要烈日曝曬
結成硬塊的愛
需要棍棒
拍掉灰塵打開糾結

還他蓬鬆

吐納金色能量

結霜的日子

香一床太陽

夢裡夢外開滿春花

3

當一條好棉被

胎兒的棉被是羊水

出生後

父母的愛像棉被

覆蓋孩子一生溫柔

長大後

他學會當一條好棉被

不論世界如何冰冷

他永蓄陽光

溫暖

找不到棉被的人

1-3三首收錄於《笠》353期　2023.02

桂花

已經失智的母親總是
吵著　嚷著
要用枯瘦軀體馱住豔陽
給女兒送去整棵樹的火苗
桂花　香成一片海洋
承載她刻成本能的愛
親情太重
麻木了雙手　一癱
記憶滑落　翻遍彩霞尋不著
在哪兒？
到底在哪兒？
孩子在哪兒呀？

只有淡淡的　細瘦的　似曾相識的
殘破花瓣陪著驚慌樹枝
和手掌
因緊握而深陷入心的樹皮紋路

找不到媽媽的孩子
眼　以光速掃射大街小巷
腳　飛奔勝過日落昏暗的步伐
終究是愛　挪開空間
抱住
身心相連的母女

《臺灣現代詩》第六十八期　2021.12

乳

象形時期的妳
跪坐在兒前
袒露胸前最神祕的美

生命的乳味
在宇宙間流動
母愛
原是一幅自然簡筆畫

* 國際詩歌節在淡水國小郭炎煌老師指導詩人書寫象形字。

2023.09.25

午餐

與白頭翁的午餐
隔著一片玻璃窗

窗裡　番茄肉醬斜管麵
窗外　酒紅楓香佐毬果
生菜沙拉上面的烤麵包丁
如你　萬頃綠草裡的小昆蟲
肥滋滋乍響的是
我的佛卡夏
和你　鮮猛擒來的獵物
窗裡的舒適總是雀躍
窗外的自在
我桌上這盤美味餐點
在你眼睛裡　可是
困惑於玻璃窗裡面仍在炫耀的
一盤標本？

《笠》351期　2022.10

角落的手推車

小小身子
巨大的擔當

人們總是把過重的壓力和負擔
往你身上攤
你卻甘心交出雙手
自胸膛展開全天下的容量
以寬宏肚量
對待需要你的人

將所有責任扛起
壓著自己單薄的小輪子
一步一步撐住這個沉重世界

《臺灣現代詩》第七十一期　2022.09

離合器

婚姻這部房車裝置一個
離合器[1]
連接夫妻兩軸生活步調
既可分離又可鎖合

當腳踩下踏板
摩擦便脫離連動
婚約持續運轉
可以換檔可以停車
愛的引擎不熄火

當腳放開踏板
婚姻的壓板勇猛彈出彈簧
撐住摩擦盤
夫妻密合運轉不打滑
愛的引擎傳動綿延

---

[1]　離合器的物理作用類似婚姻生活，創新點子來自虛銘詩兄。

跳舞的石頭
——題盧蘇偉老師的石頭彩繪〈跳拉丁舞的萌貓〉

鵝卵石裡住著一隻貓
鮮豔熱舞

畫筆　甩掉堅硬執念
線條　貓眼銳利
穿透石頭肌膚紋理
彩繪霧般神祕的靈魂
拉丁舞　釋放所有不安的躁動
以貓身拱起一座
靜謐

石頭脫掉框架
生命舞出彩虹

《臺灣現代詩》第六十六期　2021.06

誰是侵略者？

1

人
手指頭 45 度向上
瞄準那顆香甜芭樂肚
青竹絲
三角頭 45 度向下

三者輕觸
嚇得人滾芭樂跳下來
蛇抖動蛇信露出毒牙

人被蛇驚嚇
蛇也被人驚嚇
人以為被蛇侵犯
蛇捍衛被人侵犯的領域

2

摔落的芭樂心好痛
蛇總是藉口保護
爬到他頭上
占領他的家園
芭樂像親人默默醞釀甜香
奉獻給家人

土地敞開胸懷
接住受傷的芭樂
接納蛇在他體內冬眠
無論人類如何對待
母親
只會包容

微笑　險降坡

父母生我一條命
時間狠狠將我拋成拋物線
推我走入
險降坡

生命的土石流正在崩塌
衝撞腦門淹沒四肢
我的眼袋浮腫填滿焦慮
仍如奮戰的挖土機

餘生
我以詩為杖
行走下坡路段
試圖抿出一條微笑曲線

量

年幼時看不懂
阿嬤用手掌量水煮飯

年輕時看不慣
媽媽讓水漫過手掌五分
之四的水量煮飯

年老時女兒納悶
明明有標準量米杯
為何要用手掌目測？

昨天　米杯找不到
女兒找回自己手掌和眼睛
煮出一鍋古早味
米香勁彈

放手

媽媽牽著女兒
女兒牽著毛小孩
毛小孩被忌妒的大狼狗
驚嚇

拖著母女
暴衝
陡下的柏油路　臉和四肢
流著人血

女兒啊妳怎不放手
媽媽妳也沒放手啊

《笠》354期　2023.04

回家

站不穩　十字路口
寒風呼號一陣又一陣

一滴想回家的雨
找不回天空的路
淚珠模糊
在霓虹燈河裡眩暈
無從辨識來時路
有人偷走我的記憶

我不是犯人
卻在警察局被認領

《笠》352期　2022.12

短歌

1

五支口紅五大色系

正紅　嫩粉　珊瑚橘　玫瑰紫　裸棕

八十億張嘴唇

八十億種愛

一個太陽一個月亮一群星星

找不到

相同的吻

2

老外問公車：有經過唭哩岸嗎？

熱心大嗓：沒有　錯！

老外縮回上了一半的腳

下車　再問一次

站牌

公車喃喃自語：不是有經過嗎？

3

午時夏天黃昏秋天夜裡風狂雨急
怎會跳得過一季變寒冬？
「如果你覺得冷
那麼奔跑吧！」
善變的春一日四季到處開花
忘了自己正當值
跑來提醒冬天

4

一棵櫻
住在五叉路彎道口
三支反射鏡是緊貼前身的鄰居
為何車禍頻傳？
只見櫻粉雙眼猛拍
沒人說櫻吹雪會變禍水
反射鏡

站在紅粉佳人環抱的彎道叉路口
如何萃取浪漫的化學變化
反射物理抉擇？

5

夜太黑
雲看不見路
雷嚇破天空
祕密
露出千針萬線一直縫
一直縫
縫到天都亮了
卻找不到傷口

6

92 歲紙片爺爺
用身體擋住 Maserati 直飆
為了讓一部 Smart 左轉

進入他的收費停車場
急煞　粗罵　雷響
掐住猛虎

7

琉球松寧做時間的舞者
不做空中巨人
就算風雨折斷手腳
仍以松脂流香

8

雨後針葉林梢
露珠裝滿針孔攝影機
偷窺楓葉為誰臉紅

9

捕蚊
是一項傳統的全身運動
或是生物進化的智力競技？

10

手機滑掉時間
眼疾給不起最低工資

11

手機滑開世界
生滅都在一根指尖

12

一滴墨
暈開框架
自由

13

寒晨窗外雨咚咚
抓緊棉被隔開

老夢暖烘烘

14

拔出咱的酸橘子
撒滿紅辣椒　蜜煮過糖　裝罐
冷戰時
咀嚼

15

大腦不時住著兩個靈魂
矛感性刺出
盾理性阻止

一場戰爭
要傷害幾億的神經元？

16
黃昏
把柑橘種滿觀音山
把酒麴埋進淡水河
釀酒

妳是誰？

遺失時空座標的妳　名字在哪裡？
掛在身上的名牌何時變空？
從小把名牌縫在制服口袋上方
朝「學生」的目標努力前進
父母離世後
「女兒」的名字不願卸下
「孩子的媽」又縫進身體
子女成年後「母親」的名字
應該隱於幕後
工作 30 年
「老師」的名字早已縫進歲月
退休了妳卻像個「孩子」
做回「學生」
此刻　站在失憶的鏡子前
妳
是誰？

《笠》359期　2024.02

卷六
嵌入時光崁裡的聲音

一口老甕

1

蹲坐在米市仔頂九崁門邊
守著一根根百年歷史撐起的老屋

傷口般
滿腹無聲的故事

2

老甕腹中醃釀的記憶
還留有芳醇的味道？

舀一匙
愛
敷上歷史的瘡

3

被封口百年的老甕
還記得兒時的口哨？

一首只有風聽得懂的歌

4

將口朝下
用大地封閉
滿甕圓滾滾的百年心事

等候誰來開啟？

1-4四首收錄於《笠》347期　2022.02

一個古早碗

古早碗在阿嬤手裡嚐遍人生滋味

滄桑皺紋裡
窺見捧在胸口的手繪紋飾
鮮活彈勁
跳上不夠脆綠的菜色
彷彿每一口都舔過煎魚紅蝦

阿嬤在碗裡醃製的青春
瓜果酸澀的苦水
滲入粗糙又結實的毛細孔
再辛辣的鹹日子都甘甜了

古早碗
繼續守著她一輩子的家
直到　我在土牆竈腳邊找到她

《臺灣現代詩》第七十期　2022.06

三板橋

水聲濤濤
訴說十二條大石板的傳奇故事
安頓溪水氾濫的恐慌
先民肩挑茶葉片片甘醇
哼唱母親的搖籃曲搖過三板橋
大屯山腳下的梯田
稻米茭白筍智慧舞天然
哺餵三芝淳樸

巨岩隆隆
兒時停駐的嬉鬧聲
傳來鑿石造橋聲聲巨響
鑿穿百年孤寂
而今都成了嶙峋雅石
盤坐溪中
靜聽老樹蟬鳴無私的愛

《臺灣現代詩》第六十五期　2021.03

洛神花

妳從曹植的洛神賦走出來

鮮血　轉世成為一株洛神花

紅寶石愛情從未改變

妳的酸痛透脊骨

需要多少甜

才能迷醉千年孤寂的等待？

希望　是最甜的蜜

勇敢綻開花瓣

純白裙襬透露淡紫深情

宛若驚鴻舞飄飛

待花瓣落盡結成花萼果實

紅妝　豔過朝霞與落日

仍是尋不著前世摯愛相應

妳真情

站成植物　不願歸去

《笠》342期　2021.04

嵌入時光崁裡的拼圖

誰在乎兩百年前的歷史？
重建街的記憶如何重建？

嵌入時光坎裡的拼圖
接一塊落一塊的
淡水絲路
只有上上下下的石階
高高低低的買賣？
山產魚獲像祖產
被攤在九坎店嘶吼拍賣
山城的第一條老街
在木板門與電動門之間開開闔闔
似乎離觀音的月亮
河海的夕陽越來越遠

雖然祖先叮嚀
絕對不能讓怪手挖走
靈魂

殼牌倉庫

你嗅到臭油棧燃燒的味道麼？

我只聞到樟樹　挺過爆火荒蕪
幽然清香
我只看見紅牆滄桑的樸拙
捱過的歲月像一層層扁平方磚
堆疊多少人間苦難與敦厚

儲油槽的貝殼瘖啞近百年了
仍是眷戀古舊的煤油味
一直等在故事館　聽蟬
說海風

《笠》350期　2022.08

靜靜地等待
——記翁素梅畫作〈殼牌倉庫一隅〉

紅磚牆斑駁卻敦厚　　穩穩掛住

窗的傷心事　半掩

三輪車從古代騎來黑金

綠色植物填滿他們之間所有沉默

沉默是當年燃燒在骨節內的火

和剝落的住址

風　　呼嘯

歷史的窗口　　哐噹

彈出一世紀以來沒有溫度的寂靜

寂靜是遺失了回家的路

靜靜地等待

等待一棵原生植物修復記憶

《臺灣現代詩》第七十一期　2022.09

無念

把念想拋入山谷
層疊起伏是蝶
寂靜的
是雲

把櫻花飄進人間
繽紛歌詠是詩
完整的
是傷

生命
開始到結束
最美的姿態是
無念

《臺灣現代詩》第七十三期　2023.03

無念？

當我要「放下」
雙手卻先向上舉

當我身體「不再愛你」
心又多愛了你一次

當我下定決心對你「無念」
念頭已在無中升起

《臺灣現代詩》第七十三期　2023.03

牧童-2

手掌牧著牛群
腳趾牧著草地
眼球牧著山水
心牧著天空

天空牧著雲朵
雲朵牧著風雨
風雨牧著童年
夢裡
牧養一枚月亮
聽蒲公英棉絮翻滾草原

《臺灣現代詩》第七十七期 2024.03

一葉悠哉
——觀郭炎煌老師水墨畫展有感

一片汪洋
一條船
不緊不鬆的關鍵是那一線
牽絆
似有若無

整座天空的白
走進浪裡
翻出
一葉悠哉

原稿收錄於《笠》346期　2021.12

獨白
——觀郭炎煌老師水墨畫展有感

船是海的唇
說過的水痕
陽光魚鱗與鷗鳥的羽毛
都是生活的味道

飽嚐風浪的舢舨船
穿越濤聲鹹鹹的更年期
豪情沉寂
留下滿艙灰白的
嘆息

原稿收錄於《笠》346期　2021.12

交換睡眠

身心科候診室裡
擠滿
夜裡失眠的病患

候診室外
一方池塘浮木上一排排
白天也嗜睡的斑龜

病患拿出手機健保卡和金融卡
好想交換睡眠

斑龜仰頭閉眼揮動前肢
像國王

2023.03.20

個性

三角板好想
和大家擠進鉛筆盒只是
個性太尖銳
就算大家憋著氣閃躲也可能
被刺傷

方正直尺最端莊
永遠走正直的路　但
美景總是藏在曲折之中
如何不跌落山谷？

圓形最公平
每一點到圓心距離都相同
任何角度都好親近
什麼麻煩都轉得過

《臺灣現代詩》第七十四期　2023.06

釣翁

釣竿拿著他
淡水河挨著他坐下來

夕陽燃燒他的執念
海風梳理灰白亂髮
偶爾小雨潤絲
熱舞來情歌去行人腳步輕了些

時時　日日……

他拿著釣竿
挨著江雪坐下來
月亮明白他的江冰清
星光無憂他的雪是否融化

是他釣進時間之河？
還是時間釣住他？

《臺灣現代詩》第七十八期　2024.06

卷七
母親的聲音（臺語詩）

都市的夢

繁華是現流的餌

相準準
一箱一箱鮮猛的青春
一尾苦花
藏佇暗石仔孔
目神金金若茫茫溪流的燈火
等候清氣
一跤塑膠袋仔佇路邊硞硞綴[1]
若風咧吼
會當藏一寡仔故鄉的向望

垂釣都市
苦花抑是垃圾袋仔都有可能

《臺灣現代詩》第七十五期　2023.09

---

[1]　硞硞綴（khok-khok tuè），指連續不斷地重複某動作。

五月節淡水讀詩

烏雲來
白雲去
揣無伊的影跡

伊偷偷盤牆
跕上石牆仔老厝頂的天窗
透開一束光
共詩句照甲金爍爍
一碗黑咖啡拄拄好
鼻著詩味
古意摻香醇

日頭落山時
伊跂佇厝後那欉茄冬樹頂
撈鳥仔聲
逐彩雲

種一欉夢

1

阿伯 95 歲
尻脊骿[1]曲痀[2]95 度
拄扁擔做枴仔
逐工來田裡種一欉夢

紅的甜　青的脆　茄仔色營養
有愛沃水的夢
逐欉幼麵麵胸坎挺挺
用雙手抓過蟲的夢上健康

歇睏日一到
囝孫歡歡喜喜倒轉來
挽阿伯種的夢
一欉　兩欉　三欉……

---

[1]　尻脊骿（kha-tsiah-phiann），指背部。
[2]　曲痀（khiau-ku），指駝背。

一袋　兩袋　三袋……
空虛的袋仔
裝滿滿鮮閣芳的親情

2

阿伯的雙生乾仔孫
拿一隻黜仔[3]
共無敵鐵金鋼種入去塗底
後擺轉來
就會生出足濟小金鋼

個喙笑目笑去蔫[4]紅菜頭
不是葉仔蔫斷去就是
傷出力煞跋倒
個共大人蔫好的紅菜頭
閣重種

葉仔種佇塗裡面
紅菜頭種佇塗外面
靠勢說
等佮生出誠濟菜頭囝
才會好薅啊！

1-2二首收錄於《臺文戰線》072期　2023.10

想妳

親像是頭楞楞抑是肺炎發作
見若喘氣就會艱苦
規身軀骨目痠軟疼
沒法度理解時
就共伊想做是去出國旅行
天公伯仔的疼惜

咱

咱干焦¹差一歲
妳體格粗勇像王哥
我破病瘦猴像柳哥
逐家攏講妳是我的阿姊

妳相牛
佇放牛班讀頭名做班長
我相鼠
佇升學班上尾名做鳥鼠

妳欲嫁去日本時
我才讀大學無偌久
婚禮鬧熱滾滾
珠淚嘛大粒小粒輾落來
不敢吼出聲

---

¹ 干焦（kan-na），指僅僅。

記持

離開二十冬外

妳拚命做日本媳婦

袂記得按怎佮我講華語

想起咱囡仔時的母語

喙舌煞拍結

四手比劃袂當輾轉

記持叨位去

鄉音

佇大阪車站的巷仔口
咱大聲講臺灣話
掠準[1]無人聽會曉

五十外冬袂當轉外家的阿桑
雄雄佮我攬牢牢
問我臺灣的蘋果樣仔紅未？

---

[1] 掠準（liah-tsún），指以為。

縛粽

細漢時
阿媽攏會焄[1]阮去山空內
割竹葉仔攢欲縛鹼粽

逐家坐佇門口埕
那話仙那綁粽
竹箬[2]捲起來若杓仔
飼一屑仔秫米
有棱有角的個性
哪會腹肚空空閣愛搖出聲？

落滾水煠[3]乎熟才知影
芳貢貢的祕方
愛米參竹葉仔欲合做夥乎人捆綁
才有圓滿的身材人人呵咾[4]

---

[1]　焄（Tshuā），指帶領。
[2]　竹箬（tik-hah），指竹籜（竹葉）。
[3]　煠（sah），指以白水煮。
[4]　呵咾（o-ló），指讚美。

五日節下晡
樹仔跤竹篙頂饞著一串涼涼
搵糖　飪嗲嗲的夢

鐵馬

鐵馬是阿爸的捷運
運送阮規家伙仔在大屯山頂
挽落來的柑仔
自山仔邊載到雙連市場去小賣

這馬的少年人
一工走一逝¹就走甲怦怦喘
阿爸載大包小包的柑仔
擱要行碎石仔路
一工起碼走傱²三逝

柑仔偌挽偌濟
阮逐工吊佇樹仔頂若猴山仔
凍霜的跤手按怎挽嘛挽袂了
頓龜³嘛欲揹落山

---

¹　走一逝（tsáu tsit tsuā），指跑一趟。
²　走傱（tsáu-tsông），指奔波。
³　頓龜（tìg-ku），指摔跤。

不時佮柑仔同齊輾落山跤

鼻著
柑仔酸微仔酸微芳擱甜
阿爸才是阮兜真正的鐵馬
阮嘛攏是阿爸親生的小鐵馬
坎坎坷坷共阮帶路

牧童-1

予散赤掠去飼牛的囡仔

別人食飯你啉泔糜仔[1]

別人讀冊你在薅草[2]

別人迌迌[3]你予牛牽去犁田土

橐袋仔內咁有藏一隻箆仔[4]？

綴風捲螺仔[5]

歕出變魔術的雲

參牛背頂歇睏的白鴿鷥

看表演

佮西北雨覕相揣[6]

看啥人共黃昏个日頭揣轉來

---

[1] 啉泔糜仔（lim ám-muê-á），指喝很稀的稀飯。

[2] 薅草（khau tsháu），指拔草。

[3] 迌迌（tshit-thô），指遊玩。

[4] 箆仔（phín-á），指笛子。

[5] 捲螺仔風（kńg-lê-á-hong），指龍捲風，綴風捲螺仔指笛音跟著旋風悠揚捲起。

[6] 覕相揣（bih-sio-tshē），指捉迷藏。

若無瘦卑巴的腰脊骨

欲按怎綁會牢

飼甲肥朒朒的牛？

《臺灣現代詩》第七十六期　2023.12

種菜

古早　菜種佇田裡一壠一壠　比功夫

後來　種佇菜市仔一攤一攤　比青

現今　種佇超市塑膠橐仔一包一包

毋但利便　俗閣媠

冷吱吱　燒滾滾　攏有

將來　種佇雞毛管仔¹一粒一粒

欶落去²

凡勢³會種佇 AI 頭殼內

無的確⁴是咱人變做 AI 的菜？

---

¹　雞毛管仔（ke-mng-kóng-á），指膠囊。

²　欶落去（hap--loh-khì），指吞下去。

³　凡勢（huān-sè），指也許。

⁴　無的確（bô-tik-khak），指可能。

阮嘛是水源囡仔
——寫予杜守正老師佮水源的囡仔

啥人在臭汗酸的童年

偷偷摻一寡芳甜的橘仔味

共阮綁佇心肝底

皺襞襞的故事展開

喝出自由心聲

啥人在水源溪的蝦籠[1]

恬恬园真濟趣味的餌

引導阮掠著活跳跳的生命

用愛寫故鄉的詩

唸自己的歌

杜老師

恁對生命的熱情

親像那欉百外冬的榕仔

永遠徛佇水源囡仔身軀邊

---

[1] 蝦籠（hê-lāng），抓蝦的小竹籠，內裝誘餌。

弓開
——向國寶級詩人李魁賢老師致敬

一欉茄苳
要有寡濟的膽識
才會當親像雷公鑽出暗空
自原鄉的心底勃芽
長成人人景仰的重陽木

一蕊梅花
要有寡濟的熱情
才會當融去幾若世紀的霜雪
開出清芳的意志
記錄咱的美麗佮哀愁

一隻長尾山娘[1]
要有寡濟的愛
才會當佇濛霧內底唱出
自由的鄉音
用母語發聲唸家己的歌

---

[1]　長尾山娘指臺灣藍鵲。

每一擺的堅持
攏是拚命
射出無反頭的箭
共臺灣現代詩的世界
弓　開²
飛入國際的天頂

---

² 弓開（king-khui），撐開。

含笑詩叢27　PG3065

 大屯微醺
　　　——張素妹詩集

作　　者	張素妹
責任編輯	吳霽恆
圖文排版	黃莉珊
封面設計	張家碩

出版策劃	釀出版
製作發行	秀威資訊科技股份有限公司
	114 台北市內湖區瑞光路76巷65號1樓
	電話：+886-2-2796-3638　傳真：+886-2-2796-1377
	服務信箱：service@showwe.com.tw
	http://www.showwe.com.tw
郵政劃撥	19563868　戶名：秀威資訊科技股份有限公司
展售門市	國家書店【松江門市】
	104 台北市中山區松江路209號1樓
	電話：+886-2-2518-0207　傳真：+886-2-2518-0778
網路訂購	秀威網路書店：https://store.showwe.tw
	國家網路書店：https://www.govbooks.com.tw
法律顧問	毛國樑　律師
總 經 銷	聯合發行股份有限公司
	231新北市新店區寶橋路235巷6弄6號4F
	電話：+886-2-2917-8022　傳真：+886-2-2915-6275

出版日期	2024年8月　BOD一版
定　　價	320元

讀者回函卡

國家圖書館出版品預行編目

大屯微醺：張素妹詩集 / 張素妹著. -- 一版.
-- 臺北市：釀出版, 2024.08
面； 公分. -- (含笑詩叢；27)
BOD版
ISBN 978-986-445-970-4 (平裝)

863.51   113009162